D1430114

À TOUT JAMAIS

NICHOLAS SPARKS

À TOUT JAMAIS

Traduit de l'américain
par Christine Bouchareine

ROBERT LAFFONT

Titre original :

A WALK TO REMEMBER

© Nicholas Sparks Enterprises, Inc., 1999
© Traduction française : Éditions Robert Laffont, S.A., Paris, 2000
ISBN 2-266-11110-8

En mémoire de mes regrettés parents,
Patrick Michael Sparks (1942-1996),
Jill Emma Marie Sparks (1942-1989)

À mon frère et à ma sœur de tout mon cœur
et de toute mon âme,
Micah Sparks
Danielle Lewis

Prologue

J'avais dix-sept ans quand ma vie a été bouleversée à tout jamais.

Je sais que certaines personnes sont intriguées en m'entendant dire cela. Elles me regardent d'un air étrange comme si elles essayaient de deviner ce qui a bien pu m'arriver. Ayant passé presque toute ma vie ici, je n'éprouve pas le besoin de m'expliquer. Ou alors il faudrait me laisser plus de temps qu'on ne m'en accorde en général : mon histoire ne se résume pas en deux ou trois phrases, on ne peut la réduire à un récit court et précis. Et même si quarante années se sont écoulées depuis, les gens d'ici, qui me connaissaient alors, se passent très bien de mes explications. En fait, mon histoire est aussi un peu la leur, car nous avons tous été touchés par elle. Même si je l'ai été plus qu'aucun autre.

Nous sommes le 12 avril et, en sortant de chez moi, je remarque malgré le ciel maussade que les cornouillers et les azalées sont en fleur. Il fait frais et je remonte légèrement le col de ma veste, mais je sais que d'ici quelques semaines la grisaille cédera la place à ces journées qui font de la Caroline du Nord une des plus belles régions du monde.

J'ai cinquante-sept ans, pourtant je me souviens encore de cette année-là dans ses moindres détails. Elle revit souvent en moi, et chaque fois que je la ressuscite, c'est un curieux mélange de peine et de joie qui m'envahit. Parfois j'aimerais pouvoir remonter le temps et effacer tout ce qui fut triste, seulement la gaieté ne disparaîtrait-elle pas aussi ? Je laisse donc mes souvenirs m'entraîner comme ils l'entendent. Ce qui m'arrive plus fréquemment que je n'ose l'avouer.

À chacun d'eux, mon cœur se serre. Je ferme les yeux et les années défilent, comme une horloge dont les aiguilles tourneraient à l'envers. Et comme par les yeux d'un autre je me regarde rajeunir. Mes cheveux redeviennent bruns, les rides autour de mes yeux s'évanouissent, mes bras et mes jambes retrouvent leur tonicité. Ce que j'ai appris de la vie s'estompe et c'est l'innocence qui s'impose au fur et à mesure que cette année mémorable se rapproche.

Puis le décor autour de moi se met à changer lui aussi : les routes se rétrécissent, certaines ne sont plus recouvertes que de gravier, les banlieues envahissantes sont reconquises par les fermes, les rues du centre-ville s'animent. Les gens attendent devant la boulangerie Sweeney ou la vitrine de la boucherie Palka. Les hommes portent des chapeaux, les femmes sont en robe. Et au bout de la rue, la cloche sonne dans le beffroi du tribunal.

Je rouvre les yeux face au fronton de l'église baptiste, et tout en le contemplant, je me revois exactement. Je m'appelle Landon Carter. Et j'ai dix-sept ans.

Voilà mon histoire. Je promets de ne rien vous cacher.

Sans doute rirez-vous d'abord ; ensuite vous pleurerez...

Ne dites pas que je ne vous avais pas prévenus.

1.

En 1958, Beaumont, sur la côte de Caroline du Nord près de Morehead City, était une petite ville comme on en trouve tant dans le Sud. En été il régnait une telle moiteur que, le temps d'aller chercher son courrier à la boîte aux lettres et de revenir, vous étiez en nage ; et d'avril à octobre les enfants jouaient pieds nus sous les chênes drapés de mousse espagnole. Les conducteurs vous saluaient même s'ils ne vous connaissaient pas, et l'air embaumait le pin, le sel et la mer, ce parfum si particulier à la région. Pour les gens, la vie se résumait à pêcher le poisson dans le détroit de Pamlico ou le crabe dans la Neuse. Les bateaux mouillaient partout dans l'Intracoastal Waterway. On ne recevait que trois chaînes de télévision, ce qui n'avait jamais gêné ceux qui avaient grandi ici. À l'époque, notre vie s'organisait autour des églises. Notre ville n'en comptait pas moins de dix-huit : l'église de l'Amitié chrétienne, celle des Pardonnés, celle de l'Expiation dominicale et, bien sûr, les églises baptistes, lesquelles, dans ma jeunesse, étaient de loin les plus répandues. On en trouvait pratiquement à tous les coins de rue et chacune se considérait supérieure aux autres. Il y en avait de tous les types : les baptistes volontaristes, les baptistes du Sud, les congrégationalistes, les missionnaires, les indépendantes... bref, vous voyez le tableau.

Tous les ans, l'église baptiste du centre-ville – celle du Sud plus précisément – patronnait, en collaboration avec le lycée local, le spectacle de Noël au Théâtre municipal de Beaufort : c'était l'événement de l'année. Il s'agissait d'une pièce écrite par Hegbert Sullivan, pasteur de cette paroisse depuis que les eaux de la mer Rouge s'étaient ouvertes devant Moïse. Bon, d'accord, il n'était peut-être pas si vieux, mais bien assez puisqu'on devinait ses veines sous sa peau translucide. Et il avait des cheveux aussi blancs que la fourrure des Jeannot Lapins qu'on vend à Pâques.

En fait, le pasteur avait écrit *L'Ange de Noël* parce qu'il refusait qu'on joue *Le Conte de Noël* de Charles Dickens. À ses yeux, Scrooge n'était qu'un païen. Et il devait son salut non à des anges mais à des fantômes dont on ignorait s'ils étaient bien des envoyés du Seigneur. Comment savoir alors si le vieil avare ne sombrerait pas à nouveau dans le péché ? La fin de l'histoire manquait de clarté à ce sujet. Et, n'accordant aucune confiance à des apparitions qui n'auraient pas explicitement été dépêchées par Dieu, Hegbert avait tenté de résoudre le problème en changeant la fin de la pièce. Ainsi n'avait-il pas hésité à transformer le vieux Scrooge en prêcheur et à l'envoyer à Jérusalem retrouver l'endroit où Jésus enseignait aux scribes. De telles innovations avaient remporté un piètre succès et les fidèles avaient assisté au spectacle les yeux écarquillés. Le journal lui-même commenta : « Cette pièce nous a certes paru très intéressante, mais il ne s'agit pas exactement de celle à laquelle nous étions tous attachés... »

Hegbert décida alors d'écrire son propre scénario. Il avait passé sa vie à rédiger des sermons. Certains, il fallait le reconnaître, étaient particulièrement saisissants ; surtout ceux qui invoquaient la « colère de Dieu fondant sur les fornicateurs ». Le pasteur se mettait dans tous ses états dès qu'il abordait ce sujet. C'était son point sensible.

Enfants, dès qu'on le voyait dans la rue avec mes copains, on se cachait derrière les arbres et on criait « Hegbert est un fornicateur ! » en gloussant comme des idiots. On se croyait malins. Le vieil homme s'arrêtait net et ses oreilles s'allongeaient dans notre direction – oui, je le jure devant Dieu, elles se mettaient vraiment à bouger –, il devenait aussi cramoisi que s'il venait d'avaler de l'essence et, le long de son cou, de grosses veines vertes se gonflaient, comme l'Amazone sur une carte du *National Geographic*. Les yeux plissés, il nous cherchait. Puis, aussi subitement qu'il avait rougi, son visage retrouvait sa pâleur naturelle et son teint maladif. Bigre, c'était quelque chose à voir, croyez-moi. La main plaquée sur la bouche pour étouffer nos rires, nous regardions Hegbert – mais quels parents avaient pu affubler leur fils d'un nom pareil ? –, il attendait qu'on se trahisse, comptant que nous serions stupides à ce point. Et d'un coup, ses yeux de fouine traversaient le tronc qui nous servait de cachette.

– Je sais qui est avec toi, Landon Carter, lançait-il, et Dieu le sait également.

Il laissait sa phrase faire son effet un bref instant puis il reprenait sa route. Le dimanche suivant, il profitait du sermon pour assener une sentence du genre « Dieu est miséricordieux avec les enfants, mais seulement s'ils le méritent », en nous regardant fixement. Sans la moindre honte, nous nous tassions alors sur nos bancs pour ne pas pouffer de rire. Hegbert ne comprenait rien aux enfants, ce qui était bizarre d'ailleurs, vu qu'il avait une fille. Enfin, c'était peut-être là l'explication justement. Mais j'y reviendrai plus tard.

Comme je le disais, Hegbert avait donc écrit *L'Ange de Noël* et décidé de le faire jouer. À la surprise générale, la pièce n'était pas mauvaise. Elle racontait l'histoire de Tom Thornton, un homme très pieux qui perd la foi lorsque sa femme meurt en couches. Il élève l'enfant seul, mais il est loin d'être le père idéal. Pour Noël, la petite fille rêve d'une boîte à musique au couvercle gravé d'un ange dont elle a découpé la photo dans un vieux catalogue. Le

16

pauvre père cherche ce coffret partout, en vain. Le soir de Noël il est toujours bredouille, lorsqu'une inconnue lui promet de l'aider. Elle l'emmène d'abord avec elle secourir un sans-abri, puis rendre visite à des enfants dans un orphelinat et à une vieille femme seule. La bienfaitrice demande alors à Tom Thornton ce que lui-même désire en ce jour de fête et le veuf répond qu'il voudrait que sa femme revienne. L'inconnue le conduit jusqu'à la fontaine de la ville et lui dit de regarder dans l'eau, qu'il y trouvera ce qu'il cherche. Sur la surface miroitante le visage de sa petite fille se dessine, et Tom fond en larmes. Quand il relève la tête, la mystérieuse dame a disparu sans laisser de trace. Sur le chemin du retour, il médite le sens de sa vision. Puis il se rend dans la chambre de son enfant. En la regardant dormir, il comprend qu'elle représente tout ce qui lui reste de sa femme et pleure comme une madeleine, conscient qu'il n'a pas toujours été un bon père. Le lendemain matin, comme par magie, la boîte à musique se trouve sous l'arbre. La gravure représente la généreuse dame de la veille.

À chaque représentation annuelle, les spectateurs pleuraient à chaudes larmes et la salle était comble. Hegbert avait dû déménager la scène de l'église au Théâtre municipal de Beaufort qui pouvait recevoir une assistance plus nombreuse. Et lorsque j'étais lycéen, on donnait deux représentations qui chacune remplissait la salle. Il s'agissait d'un véritable événement, surtout quand on savait qui étaient les acteurs.

Hegbert, en effet, voulait que les rôles soient interprétés par des élèves de terminale et non par une troupe de professionnels. Sans doute pensait-il que cela constituerait pour eux une expérience formatrice : les jeunes gens allaient à l'université et risquaient d'y rencontrer toutes sortes de fornicateurs. Comme vous pouvez le voir, le cher pasteur tenait beaucoup à nous protéger de la tentation. Il voulait qu'on sache que Dieu nous surveillait même quand nous nous trouvions loin de chez nous, et que si nous avions foi en Lui, tout irait bien. C'est une leçon que j'ai fini par apprendre un jour, mais pas auprès d'Hegbert.

Comme je vous le disais, Beaufort n'était ni plus ni moins qu'une petite ville du Sud. Au passé riche pourtant : le pirate Barbenoire y avait vécu et, selon la légende, son bateau, la *Vengeance de la Reine Anne*, aurait sombré non loin de là. Récemment, des océanographes ou des archéologues, ou je ne sais quels spécialistes encore qui s'intéressent à ce genre d'histoire, ont annoncé qu'ils l'avaient retrouvé. Seulement personne n'en est certain vu qu'il gît dans les fonds marins depuis deux cent cinquante ans. De plus, il est illusoire d'espérer retrouver les papiers du navire dans la boîte à gants pour en vérifier l'immatriculation !

Beaufort a beaucoup changé depuis les années 50,

mais n'allez pas croire que ce soit une grande ville ; elle était et restera une modeste bourgade. Quand j'étais enfant, son nom méritait à peine de figurer sur une carte. Pour vous donner une idée de ses dimensions, la circonscription dont elle fait partie et qui couvre tout l'est de l'État, soit une cinquantaine de milliers de kilomètres carrés, ne comprend pas une seule agglomération de plus de vingt-cinq mille habitants. Et, comparée à elles, Beaufort a toujours été considérée comme petite.

La circonscription de mon père s'étendait entre Raleigh à l'ouest et Wilmington au nord, jusqu'à la frontière de Virginie. Vous avez sans doute entendu parler de lui. C'était une légende vivante et aujourd'hui encore sa renommée perdure. Il s'appelait Worth Carter et a été membre du Congrès pendant près de trente ans. Tous les deux ans, à la période des élections, il ressortait ses autocollants « Worth Carter représente... » sur lequel il avait ménagé un espace pour que chacun puisse ajouter le nom de sa ville. Pour prouver que c'était un bon père de famille, ma mère et moi l'accompagnions. Je me souviens de ces vignettes sur les pare-chocs, « Otway », « Chocawinity », « Seven Springs ». De nos jours, ça ne prendrait pas, mais à l'époque c'était de la publicité d'avant-garde. J'imagine qu'aujourd'hui certains rempliraient la case vide de toutes sortes d'obscénités ; du temps de mon père ça ne s'est jamais produit – pas à notre connaissance en tout cas. Ou une fois peut-être. Un fermier du comté Duplin avait inscrit « la merde » et quand ma mère l'a vu, elle m'a couvert les yeux en priant le Ciel que cette pauvre andouille de demeuré soit pardonnée. Ce ne sont pas exactement les mots qu'elle a employés mais c'était l'idée générale.

Mon père donc, Monsieur le Député, était une huile ; personne ne l'ignorait, et le vieil Hegbert moins que quiconque. Or ces deux-là ne s'entendaient pas, mais alors pas du tout. Mon père assistait aux offices chaque fois qu'il venait à Beaufort, et il faut bien avouer que c'était plutôt rare. De son côté, Hegbert avait deux phobies : les fornicateurs, voués d'après lui à nettoyer éternellement les pissotières de l'enfer, et le communisme, « maladie qui condamne l'humanité à l'impiétisme ». Bien que ce mot n'existe pas — je n'ai pu le trouver dans aucun dictionnaire —, la congrégation comprenait ce que le pasteur entendait par là. Elle savait également qu'il prononçait ces paroles spécialement à l'intention de mon père qui, assis, les yeux fermés, faisait semblant de ne pas entendre. Il appartenait à l'un de ces comités de surveillance de la propagande rouge qui, disait-on, contaminait toutes les activités dirigeantes de notre pays, la Défense nationale, l'enseignement universitaire ou même les plantations de tabac. N'oubliez pas que cela se passait à l'époque de la guerre froide. La situation politique était très tendue et nous autres, habitants de Caroline du Nord, avions besoin de la ramener à des considérations plus personnelles. Quoi qu'il en soit, mon père s'est toujours efforcé de s'attacher aux faits, alors que ces derniers sont hors de propos pour des gens comme Hegbert.

Quand mon père rentrait à la maison après l'office, il articulait une formule du type : « Le révérend Sullivan était en grande forme aujourd'hui. J'espère que tu as suivi ce passage des Écritures où Jésus parle des pauvres. » Bien sûr, papa...

Il essayait de voir le bon côté des choses en toutes circonstances. C'est probablement ce qui explique qu'il soit resté si longtemps au Congrès. Et il savait toujours trouver un mot gentil, même lorsqu'il embrassait le plus vilain rejeton de la création. « Qu'il est sage ! » s'écriait-il devant un bébé à la tête disproportionnée, ou, devant une pauvre enfant défigurée par une tache de naissance : « Je parie que c'est la plus gentille petite fille du monde. » Un jour, il a même déclaré à un petit garçon que sa mère poussait en fauteuil roulant : « Je suis prêt à parier dix contre un que tu es le plus intelligent de ta classe. » Et c'était vrai ! Mon père était très fort à ce jeu-là, à tous les coups il tapait dans le mille. Une chose est sûre, ce n'était pas un méchant bougre. D'ailleurs il ne m'a jamais frappé.

En revanche, il ne s'est pratiquement jamais occupé de moi. Je déteste parler ainsi : de nos jours tout le monde invoque ce genre de prétexte pour excuser son comportement. « Mon père ne m'aimait pas, alors je suis devenue strip-teaseuse... » Je n'évoque donc pas l'absence de mon père pour absoudre celui que je suis devenu mais simplement parce que c'est une réalité. Neuf mois sur douze, il vivait à Washington, à cinq cents kilomètres de la maison. Ma mère restait à Beaufort parce qu'ils voulaient tous les deux que je sois élevé comme ils l'avaient été eux-mêmes. Seulement le père de mon père, lui, l'emmenait à la chasse et à la pêche, assistait à ses anniversaires, lui avait appris à jouer au ballon, et toutes ces petites choses, mises les unes au bout des autres, comptent plus qu'on ne croit dans l'éducation d'un enfant. Mon paternel en revanche était pour moi un étranger, je le connaissais à peine. Les cinq premières années de ma vie, j'ai cru que tous les pères vivaient loin de leurs enfants. Ce n'est que lorsqu'à l'école maternelle mon meilleur ami Éric Hunter m'a demandé qui était ce type qu'il avait vu chez moi la veille que j'ai compris que ma situation ne correspondait peut-être pas tout à fait à la normale.

— C'est mon père, avais-je répondu.

— Oh, s'était étonné Éric en fouillant dans mon panier-repas à la recherche de mon Milky-Way. Je savais pas que t'avais un père.

Vous parlez d'une gifle.

J'ai donc été élevé par ma mère. Oh, bien sûr, c'était une femme adorable, douce, gentille ; bref, le genre de mère dont tout le monde rêve. Malheureusement, elle ne pouvait pas remplacer ce père dont j'avais besoin et qui me décevait de plus en plus. Or tout jeune déjà, j'étais une sorte de révolté.

Il m'arrivait de faire le mur pour aller avec mes copains recouvrir de savon les vitres d'une voiture ou manger des cacahuètes grillées au cimetière derrière l'église. Rien de méchant, en fait ! N'empêche que dans les années 50 ce genre d'exploit suffisait pour que les autres parents murmurent à leurs enfants, en secouant la tête : « Tu ne voudrais tout de même pas mal tourner comme le fils Carter ? Il est sur la mauvaise pente. »

Moi, un mauvais garçon ! Parce que je mangeais des cacahuètes au cimetière. Vous imaginez...

Mais revenons à nos moutons. Mon père et Hegbert ne s'entendaient pas et la politique n'était pas seule en cause. Hegbert avait vingt ans de plus que mon père. Leur dissension remontait à l'époque où Hegbert n'était pas encore pasteur et travaillait pour mon grand-père paternel. Ce dernier, bien qu'il ait passé beaucoup de temps à s'occuper de son fils, était un salopard de la pire espèce. C'est d'ailleurs à lui que nous devons la fortune familiale. N'allez pas imaginer cependant qu'il s'est tué au travail des années durant pour faire laborieusement prospérer son affaire. Mon grand-père était plus malin que ça. Il a fait fortune pendant la Prohibition en se lançant dans la contrebande du rhum cubain. Ensuite il a acheté des terres pour les exploiter et engagé des métayers. Avec une absence de scrupules invraisemblable, il récupérait quatre-vingt-dix pour cent de leurs bénéfices sur les récoltes de tabac, puis leur prêtait de l'argent à des taux d'intérêt faramineux.

Son intention n'était pas de récupérer son argent : il préférait mettre la main sur les terrains ou le matériel qu'ils possédaient. Plus tard, lors de ce qu'il a baptisé lui-même son « moment d'inspiration », il avait lancé la Banque de Prêt et d'Investissement Carter. Sa seule possible rivale, une banque située à deux comtés de là, avait été mystérieusement détruite par un incendie et, à cause de la Dépression, n'avait jamais rouvert. Personne n'était dupe, mais tout le monde s'est tu par crainte de représailles. Une crainte des plus justifiées d'ailleurs : outre la banque, d'autres immeubles s'étaient bizarrement envolés en fumée.

Pratiquant des taux d'intérêt scandaleux, mon grand-père amassait toujours plus de terrains et de biens au fur et à mesure que ses clients se trouvaient dans l'incapacité de rembourser leurs emprunts. Au plus profond de la Dépression, il avait ainsi mis en faillite des douzaines d'entreprises du comté, forçant leurs propriétaires dont il savait pertinemment qu'ils ne trouveraient aucun emploi ailleurs à travailler pour lui contre un salaire de misère. Il les tenait en leur promettant de leur revendre leur affaire dès que la situation économique se redresserait. Pas une seule fois il n'a tenu sa promesse.

Son système diabolique lui a permis de contrôler une grande partie de l'économie du comté, et il a honteusement abusé de ce pouvoir.

J'aimerais pouvoir vous dire qu'il a connu une fin atroce. Malheureusement, ce ne fut pas le cas. Il est mort à un âge avancé, en pleins ébats avec sa maîtresse, sur son yacht, au large des îles Caïmans. Il a survécu à ses deux femmes et à son seul fils. Une mort bien douce pour un aussi triste individu. La vie est injuste. On pourrait nous l'apprendre à l'école, ça, au moins.

Mais revenons à mon histoire... Quand Hegbert a découvert quelle ordure était mon grand-père, il a quitté son emploi et est entré dans les ordres. Il est ensuite revenu à Beaufort comme pasteur dans l'église que nous fréquentions. Pendant quelques années, il s'est appliqué à perfectionner son fameux sermon incendiaire sur les méfaits de la cupidité que nous entendions une fois par mois. Il n'a trouvé le temps de se marier qu'à quarante-trois ans et en avait déjà cinquante-trois quand sa fille Jamie est née. Son épouse, une petite femme fragile de vingt ans sa cadette qui avait déjà fait six fausses couches, mourut en mettant l'enfant au monde.

C'est sa situation de veuf avec un enfant à charge qui avait, bien sûr, inspiré le scénario de sa pièce de théâtre. Tout le monde connaissait l'histoire bien avant la première représentation. Elle faisait partie du répertoire qu'on se racontait chaque fois que le pasteur Hegbert célébrait un baptême ou un enterrement. Je crois que c'était pour cela que le spectacle de Noël suscitait une telle émotion. Les fidèles savaient le drame nourri de choses vécues, et cela lui donnait une résonance particulière.

L'année où Jamie était en terminale avec moi, il

avait été décidé, comme tout le monde s'y attendait, qu'elle jouerait le rôle de l'ange. Cela donnerait à la représentation un retentissement exceptionnel. De l'avis du moins de Mlle Garber, notre professeur d'art dramatique, qui rayonnait à cette perspective.

Je m'étais inscrit à son cours tout à fait par hasard. J'avais eu le choix entre deux options : théâtre ou chimie. La première semblait sympathique, surtout comparée à la seconde. Pas de devoirs, pas de contrôles, pas de tableaux à mémoriser avec protons, neutrons et formules chimiques... Un élève de terminale ne pouvait rêver mieux. Je prévoyais déjà de longues siestes au fond de la classe, un repos dont j'avais bien besoin pour me remettre de mes dégustations nocturnes de cacahuètes.

Pour le premier cours, arrivé parmi les derniers juste quelques secondes avant la sonnerie, je m'étais donc installé au dernier rang. Mlle Garber nous tournait le dos et s'appliquait à écrire son nom en grandes lettres cursives, comme s'il avait pu y avoir le moindre doute sur son identité. Tous les gens de Beaufort la connaissaient, il était impossible de faire autrement. Elle mesurait près d'un mètre quatre-vingt-dix, arborait des cheveux roux et une peau claire couverte de taches de rousseur malgré sa quarantaine bien sonnée. Obèse de surcroît – elle devait bien peser dans les cent dix kilos –, elle avait un faible pour les grands boubous chamarrés. De grosses lunettes à monture d'écaille complétaient sa tenue et elle accueillait tout le monde par un grand

« Bonjouour » en vocalisant la dernière syllabe. C'était une forte personnalité – célibataire bien évidemment, ce qui n'arrangeait rien. Tout homme, quel que soit son âge, ne pouvait qu'avoir pitié d'une femme comme elle.

Sous son nom, elle avait inscrit les objectifs de l'année : « confiance en soi », « conscience de soi » et « réalisation de soi ». Mlle Garber était une fana du culte du moi. Cela faisait d'elle une pionnière de la psychothérapie bien qu'elle l'ignorât probablement elle-même. Sans doute cherchait-elle tout simplement à se sentir mieux dans sa peau. Mais je me perds encore en digressions.

Ce n'est qu'une fois le cours commencé que j'ai remarqué une anomalie. Le lycée de Beaufort n'était pas très important et il comptait à peu près autant de garçons que de filles. Or le public de la salle était à quatre-vingt-dix pour cent féminin. Il n'y avait qu'un seul autre mâle et pendant un instant, tout excité, j'ai jubilé : des filles, rien que des filles... et pas de contrôle en perspective. « Attention, j'arrive ! »

Bon, je sais, je n'étais pas très futé alors.

Mlle Garber nous a parlé du spectacle de Noël en annonçant que Jamie Sullivan jouerait le rôle de l'ange puis elle s'est mise à applaudir. Elle faisait partie de notre paroisse et certains avançaient qu'elle en pinçait pour Hegbert. La première fois que j'ai entendu cette rumeur, j'ai pensé que c'était une chance qu'ils soient trop vieux pour avoir des enfants. Vous imaginez les pauvres rejetons, translucides et couverts de taches de rousseur ? De quoi frémir d'horreur. Mais bien sûr, personne ne plaisantait là-dessus, tout au moins pas à portée des oreilles de Mlle Garber ou d'Hegbert. Les commérages étaient une chose, la méchanceté en était une autre. Même au lycée nous n'étions pas mauvais à ce point-là.

Mlle Garber a donc applaudi seule un bon moment avant que l'on comprenne qu'elle attendait qu'on en fasse autant.

— Debout, Jamie ! s'est-elle alors écriée.

Jamie s'est levée et s'est tournée vers nous tandis que Mlle Garber applaudissait encore plus fort, comme si elle se trouvait en présence d'une véritable star.

Il faut dire que Jamie Sullivan était une chic fille, vraiment. Il n'y avait qu'une école primaire dans notre petite ville et nous avions toujours été dans la même classe. Je mentirais donc en disant que je ne lui avais jamais adressé la parole. Pendant un an au cours élémentaire, nous avions même été assis au même bureau. Mais ce que je faisais en classe et après la classe étaient deux choses bien distinctes, et jamais je n'ai fréquenté Jamie en dehors de l'école, même à cette époque.

N'allez pas imaginer pour autant qu'elle était laide, ce n'est pas ce que je veux dire. Elle était loin d'être affreuse même. Elle ressemblait à sa mère, plutôt jolie d'après les photos que j'ai vues. Rien à voir en tout cas avec celui qu'elle avait fini par épouser. Mais je ne trouvais pas non plus que Jamie soit belle. Malgré sa minceur, ses cheveux blonds comme les blés et ses doux yeux bleus, c'est tout juste si on la remarquait. Elle ne se souciait guère de son apparence, elle ne s'intéressait qu'à la « beauté intérieure » et à ce genre de choses. D'où son allure sans doute. D'aussi loin que je me souvienne, et cela ne remonte pas à hier, elle avait toujours porté les cheveux coiffés en chignon comme une vieille fille, sans la moindre trace de maquillage. À la voir avec son éternel cardigan marron et sa jupe plissée, on avait l'impression qu'elle allait se présenter à un poste de bibliothécaire. Nous pensions qu'elle finirait bien par évoluer, mais pas du tout : au cours de nos trois premières années de lycée, seule la taille de ses vêtements a changé.

Jamie se distinguait aussi par son comportement. On ne la croisait pas à Cecil's Diner, jamais elle n'allait dormir chez une amie, et il ne faisait pas l'ombre d'un doute qu'elle n'était jamais sortie avec un garçon. Le vieil Hegbert en aurait fait une attaque. Le lui eût-il permis d'ailleurs, cela n'aurait rien changé : Jamie ne se déplaçait jamais sans sa bible et, si son allure et le vieil Hegbert n'avaient pas déjà fait fuir les garçons, ce dernier détail à lui seul aurait suffi. Comme tout adolescent qui se respecte, je ne comprenais pas le plaisir que Jamie semblait trouver dans une telle lecture. Non seulement elle passait tous ses mois d'août à suivre des cours d'instruction religieuse, mais il lui arrivait même de se plonger dans les Saintes Écritures à la pause déjeuner. Elle avait beau être fille de pasteur, je ne trouvais pas ça normal. Les Lettres de Paul aux Éphésiens me semblaient moins passionnantes que les flirts, si vous voulez connaître le fond de ma pensée.

Et Jamie ne s'arrêtait pas là. À force de lire la Bible, à moins que ce ne soit sous l'influence d'Hegbert, elle se consacrait assidûment à aider les autres, considérant que c'était son devoir. Elle s'occupait bénévolement de l'orphelinat de Morehead City, mais cela ne lui suffisait pas. Elle allait encore quêter au profit d'une bonne œuvre ou d'une autre, et soutenait les causes du monde entier, des scouts aux princesses indiennes. À quatorze ans, elle a même passé une partie de ses vacances à repeindre la maison d'un vieux voisin. Jamie était du genre à arracher vos mauvaises herbes sans que vous ayez rien demandé ou à arrêter la circulation pour aider des petits à traverser la rue. Et si elle n'économisait pas son argent de poche pour offrir un nouveau ballon de basket aux orphelins, elle le donnait à la quête le dimanche. Bref, à côté d'elle nous avions tous l'impression d'être des affreux jojos, et chaque fois que je croisais son regard, je ne pouvais m'empêcher de me sentir coupable, même si je n'avais rien à me reprocher.

Si encore elle s'était arrêtée là... Mais Jamie ne se dévouait pas seulement au bien des humains.

Qu'il s'agisse d'un opossum, d'un écureuil, d'un chien, d'un chat, d'une grenouille, que sais-je encore, elle ne pouvait croiser un animal blessé sans courir à son secours. M. Rawlings, le vétérinaire, qui la connaissait bien, secouait la tête dès qu'il la voyait arriver, son carton dans les mains. Il enlevait ses lunettes, les essuyait avec son mouchoir tandis que Jamie lui expliquait ce qui était arrivé à la pauvre créature.

— Elle a été percutée par une voiture, docteur Rawlings. Heureusement que Dieu a voulu que je la trouve. Vous m'aiderez, n'est-ce pas ?

Avec Jamie, tout était voulu par Dieu. Ça aussi, c'était quelque chose ! Elle invoquait les desseins de Dieu dès que vous lui adressiez la parole et quel que soit votre propos. On annulait le match de basket à cause de la pluie ? Dieu l'avait voulu, sans doute en vue d'éviter un malheur plus grand. Nous avions raté notre contrôle surprise de trigonométrie ? C'est qu'Il voulait nous mettre à l'épreuve. Enfin, vous voyez le tableau.

Certes, avoir un père pareil ne devait rien arranger. Être fille de pasteur n'était sans doute pas facile. Pourtant à voir Jamie vous aviez l'impression qu'il s'agissait là d'une situation parfaitement naturelle et qu'elle avait une sacrée chance.

— Quelle bénédiction d'avoir un tel père ! répétait-elle souvent.

Nous nous contentions alors de hocher la tête en nous demandant de quelle planète elle débarquait.

Enfin, au-delà de tous ces handicaps, elle m'agaçait surtout par la constance de sa bonne humeur. Quoi qu'il arrive, elle était contente. Je jure que cette fille n'a jamais prononcé une seule critique sur qui que ce soit, même à l'encontre de ceux d'entre nous qui ne la ménageaient pas. Elle marchait dans la rue en chantonnant et saluait les étrangers qui la croisaient en voiture. Parfois, en la voyant passer devant chez elles, des ménagères s'empressaient de lui offrir un morceau de tarte au potiron ou un verre de limonade s'il faisait chaud. Tous les adultes l'adoraient.

– Quelle adorable jeune fille ! s'exclamaient-ils chaque fois que son nom surgissait dans la conversation. Le monde serait meilleur s'il y avait plus de gens comme elle.

Mes amis et moi ne partagions pas cet avis. Une Jamie Sullivan, cela faisait déjà une de trop.

Je songeais à tout cela en la regardant à ce premier cours d'art dramatique – spectacle qui ne me procurait pas le moindre plaisir, je l'avoue. Quand elle s'est retournée vers nous, j'ai eu comme un choc. Elle était vêtue à son habitude d'une jupe plissée, d'un chemisier blanc et de son éternel cardigan marron, mais celui-ci ne parvenait pas à cacher de petits renflements au niveau de sa poitrine qui, je l'aurais juré, ne s'y trouvaient pas quelques mois auparavant. Elle ne portait pas de maquillage mais, sous son teint bronzé – le stage du mois d'août sans doute –, pour la première fois elle m'a paru presque jolie. J'ai aussitôt repoussé cette idée, bien sûr. C'est alors que son regard s'est arrêté sur moi et qu'elle m'a souri, visiblement contente de me voir là. Je ne saurais pourquoi que bien plus tard.

2.

Après le lycée, j'avais l'intention de m'inscrire à l'université de Caroline du Nord de Chapel Hill. Mon père aurait voulu que j'aille à Harvard ou à Princeton comme certains fils de parlementaires, malheureusement, avec mes notes, c'était impossible. N'allez pas croire que j'étais mauvais élève. Simplement, mes études ne me passionnaient pas et mes résultats ne m'autorisaient pas à briguer la fameuse Ivy League. Je n'étais pas certain non plus d'ailleurs que l'université de Caroline du Nord m'accepterait. Mon père, heureusement, y avait passé ses diplômes et y conservait ses entrées. Profitant d'un pont de trois jours au moment de la fête du Travail, il était venu passer le week-end à la maison et avait décidé qu'il était temps que je prenne les choses en main. Je venais juste de finir ma première semaine de cours.

– Tu devrais te présenter au poste de président

des élèves, a-t-il attaqué au dîner. Je pense que ça ferait bien sur ton dossier. Ta mère est de mon avis.

Ma mère a hoché la tête en avalant une cuillère de petits pois. Elle n'intervenait que rarement quand mon père parlait mais elle m'a fait un clin d'œil. Tout adorable qu'elle était, elle aimait bien me voir sur la sellette.

– Je ne pense pas avoir la moindre chance d'être élu.

J'étais sans doute l'enfant le plus riche du lycée mais certainement pas le plus populaire. Cet honneur revenait à Éric Hunter. Il pouvait lancer une balle de base-ball à cent cinquante kilomètres-heure et, arrière vedette, il avait propulsé deux fois de suite notre équipe de football américain en tête du championnat de l'État. En plus c'était un tombeur de première. Jusqu'à son nom qui sonnait bien !

– Bien sûr que tu peux être élu, a protesté mon père. Nous gagnons toujours, chez les Carter.

C'était entre autres pour éviter ce genre de discours que je le fuyais. Les rares fois où il était à la maison, il essayait de me modeler en version miniature de lui-même. Comme j'avais grandi loin de lui, je supportais mal cette pression. C'était notre première conversation depuis des semaines. Il me parlait rarement au téléphone.

– Et si ça ne me dit rien ?

Mon père a posé sa fourchette sur laquelle était encore piqué un morceau de côte de porc. Il m'a toisé de la tête aux pieds en me foudroyant du regard. Bien qu'il fasse près de trente degrés dans la maison il portait un costume. Cela le rendait encore plus intimidant.

– Je pense que ce serait une bonne idée, a-t-il articulé lentement.

Je savais que lorsqu'il parlait sur ce ton-là, la question était réglée. Cela se passait ainsi à la maison. C'est lui qui faisait la loi. J'ai donc fini par acquiescer, mais j'étais bien décidé à ne pas céder. Je n'avais aucune envie de perdre mes après-midi à rencontrer des professeurs après les cours chaque semaine que comptait l'année scolaire, et ce simplement pour décider des thèmes du bal du lycée ou des couleurs des banderoles. Car c'est à ça que se limitait la responsabilité des présidents d'élèves à mon époque. Leur pouvoir était insignifiant.

Pourtant je savais que mon père avait raison. Si je voulais être pris à l'université de Caroline du Nord, il fallait que je sorte du lot d'une façon ou d'une autre. Je ne faisais pas partie de l'équipe de football ou de basket, je ne jouais d'aucun instrument de musique, je n'appartenais à aucun club, pas même à ceux d'échecs ou de bowling. Élève moyen de surcroît, je ne me distinguais vraiment en rien. Brusquement inquiet, j'ai tenté d'établir la liste de ce que je savais faire. Je connaissais huit nœuds de marin, je pouvais garder un stylo en équilibre sur le bout de mon doigt pendant trente secondes et, pour ce qui était de marcher pieds nus sur l'asphalte brûlant, nul à ma connaissance ne tenait aussi longtemps que moi... Mon honnêteté m'obligeait à reconnaître que mes compétences étaient limitées. De plus, il y avait de fortes chances qu'aucune de ces aptitudes n'ait de place sur une candidature d'entrée à l'Université. C'est ainsi qu'allongé sur mon lit, j'en suis finalement arrivé à la conclusion que j'étais un raté. Merci, papa !

Le lendemain matin, je me suis rendu au bureau du principal et j'ai ajouté mon nom à la liste des postulants au poste de président des élèves. John Foreman et Maggie Brown y figuraient déjà. John n'avait pas la moindre chance, je le savais : le genre de type à épousseter votre veste en vous parlant. Mais il était bon élève. Assis au premier rang, il levait la main chaque fois qu'un professeur posait une question et donnait toujours la bonne réponse. Puis il regardait autour de lui avec le sourire satisfait de celui qui vient de prouver avec éclat sa supériorité sur une bande de ploucs. Éric et moi lui lancions des boulettes de papier mâché dès que le prof avait le dos tourné.

Quant à Maggie Brown, il s'agissait d'une autre histoire. Bonne élève également, elle appartenait depuis trois ans au conseil, dont elle avait même été vice-présidente l'année précédente. Tout ce qu'on pouvait lui reprocher c'était d'être moche et d'avoir pris dix kilos pendant l'été. Je savais que pas un seul garçon ne voterait pour elle.

J'avais peut-être une chance finalement. Mon

avenir dépendait de la stratégie que j'allais adopter. Éric m'a aussitôt proposé son soutien.

– Je dirai à tous les gars de l'équipe de voter pour toi, si tu veux. Pas de problème.

– Et leurs petites amies aussi ?

Voilà à quoi s'est limitée ma campagne. J'ai tout de même participé aux débats auxquels j'étais censé assister et j'ai distribué des tracts ineptes du genre « Ce que je ferai quand je serai président », mais c'est bien grâce à Éric Hunter que je l'ai emporté. Le lycée de Beaufort ne comptant que quatre cents élèves, le soutien de l'équipe d'athlétisme représentait un poids décisif. Et comme la plupart des sportifs se moquaient de savoir pour qui ils votaient, j'ai été élu président des élèves avec une majorité assez confortable.

J'ignorais dans quel guêpier je venais de me fourrer.

En première, j'étais sorti avec une fille qui s'appelait Angela Clark, ma première véritable petite amie. Mais au bout d'un mois à peine, juste avant la fin de l'année scolaire, elle m'avait laissé tomber pour Lew, un gars d'une vingtaine d'années qui travaillait comme mécanicien dans le garage de son père. Son principal atout, à mon avis, était qu'il possédait une belle voiture. Il portait toujours un tee-shirt blanc avec un paquet de Camel enroulé dans la manche et, appuyé au capot de sa Thunderbird, il apostrophait toutes les filles qui passaient d'un « Salut poupée ! ». Un tombeur de première, quoi.

Moi, en tout cas, je me retrouvais sans cavalière pour le bal du lycée. Or tous les membres du conseil des élèves devaient y assister. Il fallait aussi participer au décor et au nettoyage du gymnase le lendemain, moment plutôt amusant en général. J'ai passé quelques coups de téléphone ; hélas, toutes ces demoiselles étaient déjà invitées. J'ai persévéré. Chou blanc là encore. La dernière semaine, le choix était singulièrement réduit. Il aurait fallu que je me décide entre celles qui portaient des grosses lunettes et celles qui zozotaient. Beaufort n'avait jamais brillé par ses beautés locales... Je ne pouvais quand même pas aller au bal tout seul, de quoi aurais-je eu l'air ? Je serais bien le premier président des élèves à qui ça arriverait, condamné à servir le punch ou à nettoyer le vomi dans les toilettes, rôle traditionnellement réservé à ceux qui n'avaient pas de cavalière.

De plus en plus inquiet, j'ai feuilleté l'annuaire des élèves de l'année précédente à la recherche d'une possible compagnie. Les pages des terminales d'abord, seulement la plupart des filles étaient parties à l'Université. J'avais peu de chances de trouver la perle rare parmi celles qui vivaient encore ici, mais je les ai quand même appelées les unes après les autres. Mes craintes étaient fondées : toutes prises, ou plutôt, devrais-je dire, aucune d'entre elles prête à m'accompagner. Je commençais à bien encaisser les refus, malheureusement ce n'est pas le genre d'aptitude dont on se vante plus tard devant ses petits-enfants. Ma mère, au courant du problème, m'a rejoint dans ma chambre.

– Si tu ne trouves pas de cavalière, je serai ravie de t'accompagner, m'a-t-elle annoncé en s'asseyant à côté de moi sur le lit.

– Merci, maman.

Sa proposition n'avait soulevé en moi aucun enthousiasme. Et elle me laissa encore plus démoralisé qu'avant. Si même ma mère pensait que je ne dégoterais personne... Quant à aller au bal avec elle, vivrais-je cent ans, jamais je ne m'en remettrais.

Je n'étais pas le seul dans cette impasse. Carey Dennison, le nouveau trésorier, se retrouvait dans la même situation. C'était un type que tout le monde fuyait, élu à ce poste uniquement parce que personne d'autre ne s'était présenté. Et encore avait-il obtenu cette responsabilité de justesse. Son ventre énorme et ses jambes malingres donnaient l'impression que sa croissance avait été brutalement interrompue. On aurait dit un Shadock. Outre ce physique ingrat, il possédait une voix haut perchée – cela dit, c'était peut-être pour ça qu'il jouait si bien du tuba dans la fanfare. Et pour compléter le tout, Carey avait la manie de poser des questions en rafales.

– Où es-tu allé ce week-end ? C'était bien ? Tu as rencontré des filles ?

Il enchaînait les interrogations sans attendre les

réponses, en sautillant autour de vous au point de vous donner le tournis. Sans doute l'être le plus exaspérant que j'aie jamais rencontré. Si je venais sans cavalière, il ne me quitterait pas d'une semelle et me bombarderait de questions tel un procureur en folie.

Je me suis donc aussitôt remis à feuilleter l'annuaire du lycée, lorsque mon regard est tombé sur la photo de Jamie Sullivan. Je ne m'y suis arrêté qu'une seconde avant de tourner la page, furieux contre moi-même d'avoir laissé pareille idée m'effleurer l'esprit. J'ai encore cherché pendant une heure, mais il me fallait bien admettre que j'avais épuisé toutes les possibilités. Je suis alors revenu au portrait de Jamie pour l'étudier de plus près : elle n'était pas vilaine après tout, et c'était une gentille fille. Elle accepterait sans doute mon invitation...

Jamie Sullivan ? La fille d'Hegbert ? Non, impossible. Il n'y avait rien à faire. Mes amis ne me le pardonneraient jamais.

Pourtant, plutôt que d'être escorté par ma mère, ou de nettoyer les toilettes, ou, pire encore, de devoir supporter Carey Dennison...

J'ai passé le reste de la soirée à peser le pour et le contre avant de me rendre à l'évidence. Il ne me restait plus qu'à inviter Jamie.

J'arpentais la pièce en me demandant comment procéder lorsqu'une idée terrifiante m'a assailli. Carey Dennison avait sans doute tenu le même raisonnement que moi. Il avait dû consulter l'annuaire lui aussi ! C'était un garçon bizarre mais il ne devait pas non plus aimer nettoyer les toilettes... Et vu la mère qui le chaperonnait, il était encore plus mal barré que moi. S'il invitait Jamie avant moi ? Elle ne lui dirait jamais non et lui, de son côté, serait trop heureux. Aucune autre n'accepterait de l'accompagner, à aucun prix. Jamie aidait tout le monde, c'était une sainte. Elle écouterait sa voix criarde, verrait la bonté irradier de son cœur et accepterait sur-le-champ.

Tout à coup, une grande panique m'a envahi à l'idée que Jamie ne puisse pas m'accompagner au bal. Je n'ai pratiquement pas fermé l'œil de la nuit, et je peux vous dire que ça ne m'était jamais arrivé. C'était sans doute la première fois que quelqu'un angoissait à l'idée d'inviter Jamie. J'ai décidé de lui en parler dès mon arrivée au lycée, pendant que j'en avais encore le courage. Malheureusement elle n'était pas là, elle s'occupait probablement des orphelins de Morehead City, comme chaque mois. Plusieurs d'entre nous avaient essayé d'échapper aux cours en invoquant ce prétexte, mais seule Jamie avait obtenu l'autorisation de s'absenter. Le principal savait qu'elle ferait réellement la lecture aux enfants, qu'elle les occuperait à des ateliers ou à des jeux, et qu'elle ne cherchait pas une excuse pour aller à la plage ou traîner à Cecil's Diner en cachette.

— Tu as une cavalière ? m'a demandé Éric entre deux cours.

Il savait pertinemment que non, mais notre amitié ne l'empêchait pas de m'asticoter.

– Pas encore, je m'en occupe.

Au bout du hall, Carey Dennison fouillait dans son casier. Je vous jure que je l'ai surpris me jetant un regard assassin en croyant que je ne le voyais pas. La journée commençait bien !

Le dernier cours m'a paru interminable. J'avais calculé qu'en partant en même temps que Carey, je pouvais arriver chez Jamie avant lui, avec sa démarche maladroite. J'avais commencé à me conditionner mentalement et quand la sonnerie a retenti, j'ai détalé à toute vitesse. Mais je n'avais pas parcouru cent mètres qu'un point de côté me coupait le souffle. Plié en deux, j'ai continué mon chemin à petits pas. Un vrai bossu de Notre-Dame.

J'ai cru entendre le rire aigrelet de Carey derrière moi. Je me suis retourné, les doigts enfoncés dans les côtes pour étouffer ma douleur. Personne. Il avait peut-être pris un raccourci par les jardins ! Il fallait s'attendre à tout avec un faux jeton pareil.

J'ai accéléré le pas et atteint rapidement la rue de Jamie. Ma chemise trempée de sueur, hors d'haleine, je me suis arrêté quelques secondes devant sa porte, le temps de reprendre mon souffle, puis j'ai frappé. L'image de Carey me poursuivait tellement que, malgré ma course folle, je m'attendais presque à ce qu'il m'ouvre la porte, un sourire victorieux aux lèvres, l'air de dire « Désolé, mec, tu arrives trop tard ».

Ce n'est pas Carey qui m'a ouvert mais Jamie, et pour la première fois de ma vie, j'ai vu à quoi elle aurait ressemblé si elle s'était habillée normalement. Elle portait un jean et un chemisier rouge. En dépit de son chignon, elle paraissait plus décontractée que d'habitude. Elle aurait pu être vraiment jolie si elle avait voulu s'en donner la peine.

– Landon, quelle surprise !

Jamie était toujours contente de voir tout le monde, moi y compris.

– On dirait que tu as couru, s'est-elle étonnée en me dévisageant.

– Pas du tout, ai-je menti en m'essuyant le front.

Heureusement mon point de côté avait pratiquement disparu.

– Ta chemise est trempée.

– Oh... ça ? Ce n'est rien. Je transpire toujours beaucoup.

– Tu devrais peut-être en parler à ton médecin.

– Non, je vais très bien, je t'assure.

– Je prierai quand même pour toi, a-t-elle insisté en souriant.

Jamie priait toujours pour quelqu'un. Autant que je me joigne au club.

– Merci.

Elle a baissé les yeux en se balançant d'un pied sur l'autre d'un air embarrassé.

– Je te ferais bien entrer, mais mon père n'est pas là et je n'ai pas le droit de faire entrer de garçons dans la maison en son absence.

— Oh, ça ne fait rien ! Nous pouvons parler ici, ai-je répondu, un peu déçu.

J'aurais préféré présenter ma requête à l'intérieur.

— Veux-tu de la limonade ? Je viens juste d'en faire.

— Avec plaisir.

— Je reviens tout de suite.

Elle a disparu en laissant la porte ouverte et j'en ai profité pour inspecter les lieux. La maison était petite et bien rangée, avec un piano contre un mur qui faisait face à un canapé. Un petit ventilateur tournait à côté. Sur la table basse, j'ai aperçu des livres intitulés *Écoutons Jésus*, et *La réponse est dans la foi*. Et aussi sa bible, ouverte sur l'Évangile de Luc.

Jamie est revenue quelques secondes plus tard avec la limonade et nous nous sommes assis dans les fauteuils sous le porche. Je savais qu'ils s'y reposaient le soir, son père et elle, parce qu'il m'arrivait de passer devant chez eux. À peine étions-nous installés que j'ai vu Mme Hastings, sa voisine d'en face, nous saluer de la main. Jamie a fait signe à son tour pendant que je reculais mon siège pour cacher mon visage. Je ne voulais pas qu'on me voie, pas même Mme Hastings. Jamie avait peut-être déjà accepté d'accompagner Carey et si l'inviter était déjà une extrémité, se voir préférer un type comme lui était carrément insupportable.

— Qu'est-ce que tu fais ? s'est étonnée Jamie. Tu as mis ton fauteuil en plein soleil.

– J'aime la chaleur.

Presque aussitôt les rayons transpercèrent ma chemise et j'ai recommencé à transpirer.

– Comme tu veux. Alors, de quoi voulais-tu me parler ?

Elle a levé la main pour se recoiffer ; je n'avais pas vu un seul de ses cheveux bouger. J'ai pris une profonde inspiration, j'ai rassemblé tout mon courage, mais je ne pouvais me résoudre à aborder directement le sujet.

– Tu étais à l'orphelinat aujourd'hui ?

– Non. Elle m'a jeté un regard perplexe. J'étais avec mon père chez le médecin.

– Il va bien ?

– On ne peut mieux.

J'ai hoché la tête en glissant un œil furtif de l'autre côté de la rue. Mme Hastings était rentrée chez elle et je ne voyais plus personne à l'horizon. La voie était enfin libre. Moi, en revanche, je n'étais toujours pas prêt.

– Quelle belle journée !

– Oui.

– Et chaude.

– C'est parce que tu es en plein soleil.

J'ai regardé autour de moi, je sentais la tension monter.

– Il n'y a pas un seul nuage dans le ciel.

Jamie n'a rien ajouté et nous sommes restés quelques instants silencieux.

— Landon, tu n'es pas venu me voir pour me parler du temps, n'est-ce pas ? a-t-elle fini par me demander.

L'heure de la vérité avait sonné. Je me suis éclairci la voix.

— Eh bien... je voulais savoir si tu allais au bal du lycée.

— Oh ! s'est-elle exclamée comme si elle ignorait qu'une telle chose puisse exister.

J'attendais qu'elle continue en me tortillant sur mon siège.

— Je ne pense pas.

— Mais si on t'invitait, tu irais ?

Il lui a fallu un moment avant de reprendre :

— Je ne sais pas, a-t-elle dit en réfléchissant. Je suppose que oui, si l'occasion se présentait. Je n'y suis jamais allée.

— C'est très amusant, me suis-je empressé de préciser. Enfin, ça n'a rien d'extraordinaire, mais c'est sympa. Surtout comparé à mes autres options... ai-je failli ajouter.

Ma façon de présenter les choses la fit sourire.

— Je dois d'abord en parler à mon père, bien sûr, mais s'il est d'accord, pourquoi pas ?

Dans un arbre près du porche, un oiseau s'est mis à gazouiller bruyamment comme pour dire que je n'avais rien à faire ici. Je l'ai écouté en essayant de me détendre. Deux jours auparavant, cette situation m'aurait paru tout bonnement inconcevable. Puis soudain je me suis entendu prononcer la formule magique.

– Aimerais-tu m'accompagner au bal ?

Elle était surprise. Elle avait dû penser que j'étais envoyé en éclaireur par un copain. Les adolescents envoyaient parfois un ami « tâter le terrain », si l'on peut dire, afin de s'épargner un éventuel refus. Bien que Jamie ne soit pas une fille comme les autres, elle connaissait certainement cette coutume, au moins en théorie en tout cas.

Au lieu de me répondre directement, elle a détourné les yeux. J'ai senti mon estomac se serrer ; j'étais persuadé qu'elle me dirait non. Des images de ma mère, de vomissures dans les toilettes du bal, de Carey m'ont traversé l'esprit. Et brusquement j'ai regretté la façon dont je m'étais comporté avec elle toutes les années passées. Je me suis souvenu de toutes les fois où je l'avais embêtée, où j'avais traité son père de fornicateur, où je m'étais moqué d'elle derrière son dos : tout espoir était perdu. Je me demandais déjà comment je pourrais éviter Carey pendant cinq heures, quand elle s'est retournée vers moi en souriant.

– Avec grand plaisir, mais à une condition.

Je me suis raidi en espérant que ses exigences ne seraient pas trop dures.

– Oui ?

– Promets-moi de ne pas tomber amoureux de moi.

J'ai compris qu'elle plaisantait en la voyant éclater de rire et j'ai soupiré de soulagement. Il fallait reconnaître qu'elle avait parfois un sacré sens de l'humour.

Je lui ai donné ma parole en souriant.

3.

En règle générale, on ne danse pas dans les communautés baptistes du Sud. À Beaufort, cependant, cette règle n'était pas respectée. Le pasteur qui avait précédé Hegbert – ne me demandez pas son nom –, considérait d'un œil indulgent les bals scolaires du moment que nous étions chaperonnés. Ils étaient ainsi entrés dans la tradition. À l'arrivée de Hegbert, cet état de fait durait depuis trop longtemps pour qu'il puisse le changer. Jamie devait être la seule à n'y être jamais allée et d'ailleurs, il n'était pas certain qu'elle sache danser.

J'éprouvais également des inquiétudes quant à sa tenue de bal, mais il était hors de question que je lui dise quoi que ce soit à ce propos. Lorsque Jamie se rendait aux soirées organisées par l'église, et encouragées par Hegbert, elle portait en général un de ses vieux pulls avec une jupe plissée, comme on lui en voyait tous les jours au lycée. Or le bal annuel était un grand événement. La plupart des filles s'achetaient une nouvelle robe et les garçons se mettaient en costume. Cette année-là qui plus est, nous avions engagé un photographe. Je savais que Jamie n'achèterait rien parce qu'elle n'était pas très riche. Le métier de pasteur n'est guère lucratif. Ce n'est pas l'argent qui intéresse ces gens-là ; ils préfèrent investir à plus long terme, si vous voyez ce que je veux dire. Pourtant je n'avais pas envie de voir Jamie dans sa tenue de tous les jours. Pas tant pour moi, je n'ai pas le cœur sec à ce point-là, mais vis-à-vis des autres. Je ne voulais pas qu'on se moque d'elle.

Grâce au ciel, Éric ne m'a pas trop charrié quand il a appris que j'avais invité Jamie. Il était trop intéressé par sa propre cavalière, Margaret Hays, la meneuse des pom-pom girls du lycée. Elle n'avait pas inventé le fil à couper le beurre, mais elle était super. Enfin, elle avait surtout des jambes super. Éric m'a même proposé qu'on aille au bal tous les quatre ensemble mais j'ai refusé, craignant qu'il ne passe la soirée à taquiner Jamie. C'était un brave type, mais il lui arrivait de se montrer un peu lourd, surtout après quelques verres de bourbon.

Le jour J, j'ai passé l'après-midi à décorer le gymnase. Je devais ensuite aller chercher Jamie une demi-heure plus tôt que prévu car son père souhaitait me parler. Je ne peux pas dire que cette perspective m'enchantait. J'aurais sans doute droit à un laïus sur la tentation et la pente dangereuse où elle menaçait de nous entraîner. Le pire serait qu'il aborde le sujet de la fornication, je n'y survivrais pas. J'ai prié toute la journée que cette épreuve me soit épargnée, mais je n'étais pas certain que Dieu traite mon cas en priorité, vu ma conduite passée. J'en tremblais rien que d'y penser.

Le soir venu, je me suis douché, j'ai enfilé mon plus beau costume, puis je suis passé prendre le petit bouquet que ma cavalière porterait à son chemisier. Ma mère m'avait prêté sa voiture et je me suis garé juste devant la maison du pasteur. Grâce à l'horaire d'été, il faisait encore un peu jour quand j'ai remonté l'allée qui menait au perron. J'ai sonné une première fois sans obtenir de réponse ; après un moment d'attente, j'ai renouvelé mon appel. « J'arrive », a répondu Hegbert. Il ne se pressait pas vraiment. J'ai poireauté encore deux minutes sur le seuil à étudier la porte, les moulures et les petites fissures. Les sièges sur lesquels nous nous étions installés, Jamie et moi, n'avaient pas bougé. Ils n'avaient pas dû s'y asseoir ces derniers jours.

Enfin, la porte s'est entrouverte. La lumière qui venait de l'intérieur n'éclairait que les cheveux d'Hegbert, laissant son visage dans l'ombre. Il était vieux, soixante-dix ans d'après mes calculs. C'était la première fois que je le voyais d'aussi près et je distinguais toutes ses rides. Sa peau était vraiment translucide, plus encore que je ne l'imaginais.

– Bonsoir, révérend, l'ai-je salué en essayant de cacher mon embarras. Je viens chercher Jamie.

– Bien sûr. Seulement je voudrais d'abord te parler.

– Oui, monsieur, c'est pour cela que je suis venu en avance.

– Entre.

À l'église, il était toujours élégant mais là, avec sa salopette et son tee-shirt, il ressemblait à un fermier. Il m'a fait signe de prendre la chaise qu'il avait apportée de la cuisine.

– Excuse-moi d'avoir mis du temps à t'ouvrir. Je travaillais sur mon sermon de demain.

– Ce n'est rien, monsieur.

Je ne sais pas pourquoi, mais il fallait que je l'appelle « monsieur », c'était plus fort que moi.

– Très bien. Alors, si tu me parlais un peu de toi ?

La question m'a paru un peu idiote, vu tout ce qu'il savait sur ma famille. C'était lui qui m'avait baptisé et il me voyait tous les dimanches à l'office depuis ma plus tendre enfance.

– Eh bien, monsieur, ai-je commencé sans savoir quoi dire, je suis le président des élèves. Je ne sais pas si Jamie vous en a parlé.

– Si, a-t-il répondu en hochant la tête. Continue.

– Et... j'espère aller à l'université de Caroline du Nord à la rentrée prochaine. J'ai déjà reçu mon dossier de candidature.

Il a de nouveau hoché la tête.

– Rien d'autre ?

J'avoue que j'étais à court d'idées. J'avais envie

de prendre le stylo sur la table et de lui faire mon numéro d'équilibriste, mais il n'était pas du genre à apprécier.

— Non, monsieur.

— Puis-je te poser une question ?

— Je vous en prie, monsieur.

Il m'a dévisagé un long moment comme s'il réfléchissait.

— Pourquoi as-tu invité ma fille au bal ?

J'étais surpris, et je savais que ça se voyait.

— Je ne comprends pas ce que vous voulez dire, monsieur.

— Tu n'as pas l'intention de faire quoi que ce soit... qui la mette mal à l'aise, n'est-ce pas ?

— Non, monsieur, me suis-je empressé de le rassurer, choqué de ses soupçons. Jamais de la vie. Il me fallait une cavalière et je lui ai proposé de m'accompagner. C'est tout.

— Tu ne vas pas lui jouer un mauvais tour ?

— Non, monsieur. Comment pourrais-je faire une chose pareille...

Il a continué à me cuisiner ainsi pendant un bon moment. Heureusement, Jamie est arrivée quelques minutes plus tard. Hegbert s'est tu, quant à moi j'ai poussé un soupir de soulagement. Elle portait une jolie jupe bleue et un chemisier blanc que je ne connaissais pas. Et par bonheur, elle avait laissé son pull au placard. Elle n'était pas mal du tout, finalement, même si elle allait être beaucoup moins élégante que les autres. Comme toujours, elle était coiffée d'un chignon. Personnellement, je pensais qu'elle aurait été plus jolie les cheveux défaits mais jamais je ne le lui aurais dit. Jamie ressemblait à... eh bien, elle était fidèle à elle-même, quoiqu'elle ait visiblement renoncé à se munir de sa bible. Ça, j'aurais eu du mal à l'assumer.

— Tu ne serais pas en train d'ennuyer Landon ? a-t-elle lancé gaiement à son père.

— Nous parlions juste de choses et d'autres, suis-je intervenu précipitamment sans laisser à son père le temps de prendre la parole.

Je devinais confusément qu'il n'avait pas dit à Jamie ce qu'il pensait de moi et le moment me paraissait mal venu de le faire.

— Eh bien, il faut y aller, a-t-elle alors annoncé. — Elle devait sentir la tension qui régnait dans la pièce. Elle s'est approchée de son père et l'a embrassé sur la joue. — Ne travaille pas trop tard, d'accord ?

— D'accord, a-t-il promis avec tendresse.

Malgré ma présence, il ne se retenait pas de montrer combien il l'aimait. Le problème c'était que moi, il ne m'aimait pas.

Nous lui avons dit au revoir et pendant que nous nous dirigions vers la voiture, j'ai tendu à Jamie son petit bouquet en lui disant que je lui montrerais comment l'agrafer une fois dans la voiture. Je lui ai ouvert la portière et pendant que j'allais m'installer au volant, elle a épinglé ses fleurs à son corsage.

— Je ne suis tout de même pas nunuche au point

de ne pas savoir comment ça se met, m'a-t-elle lancé.

J'ai démarré en direction du lycée, préoccupé par la conversation que je venais d'avoir avec Hegbert.

– Mon père ne t'aime pas beaucoup, a-t-elle commencé comme si elle lisait dans mes pensées.

J'ai hoché la tête sans rien dire.

– Il te trouve irresponsable.

J'ai à nouveau opiné du chef.

– Il n'aime pas beaucoup ton père non plus.

J'ai acquiescé, toujours silencieusement.

– Ni ta famille.

Ça va, j'avais compris.

– Mais tu sais ce que je pense ? a-t-elle brusquement demandé.

– Non.

Comme si je n'étais pas déjà suffisamment démoralisé !

– Je pense que Dieu l'a voulu. Quel est Son message à ton avis ?

Nous y voilà, ai-je soupiré en moi-même.

La soirée n'aurait pu se passer plus mal. La plupart de mes amis m'ont évité et comme Jamie n'en avait pas, nous nous sommes retrouvés seuls, en tête à tête. Le comble de l'histoire, c'est que j'aurais très bien pu ne pas venir finalement : Carey n'ayant pu trouver de cavalière, le règlement avait été changé et notre présence ne s'imposait plus. Cette nouvelle a achevé de me mettre le moral à zéro. Malheureusement, après ce que son père m'avait dit, je ne pouvais me permettre de ramener Jamie plus tôt que prévu. Surtout qu'elle s'amusait bien. Elle s'enthousiasmait pour les décorations, la musique, s'émerveillait de tout ce qu'elle voyait. Elle m'a même demandé si je pourrais l'aider un jour à décorer l'église, à l'occasion d'une des soirées qu'elle y organisait. J'ai marmonné qu'elle n'aurait qu'à m'appeler et malgré mon manque d'enthousiasme évident, elle m'a remercié de ma gentillesse. J'ai broyé du noir pendant un bon moment sans qu'elle s'aperçoive de rien. La seule chose qui me consolait était qu'elle devait rentrer à onze heures, une heure avant la fin du bal.

Dès les premières notes, je l'ai entraînée sur la piste. À ma grande surprise, j'ai découvert qu'elle dansait bien, surtout pour quelqu'un qui participait à son premier bal. Elle s'est laissé guider sans problème pendant une douzaine de morceaux puis nous sommes allés nous asseoir et nous avons commencé à discuter de choses et d'autres. Inévitablement la « foi », la « joie » et même le « salut » sont venus sur le tapis, ou encore les orphelins et les pauvres bêtes écrasées sur l'autoroute. Mais, franchement, elle avait l'air si contente qu'il m'était difficile de continuer à bouder. La situation ne s'est dégradée que lorsque Lew et Angela ont fait leur apparition.

Lui est arrivé comme toujours dans son fameux tee-shirt, avec ses éternelles Camel dans sa manche et les cheveux gominés. Angela s'est pendue à son cou dès le début de la danse et il ne fallait pas être grand clerc pour voir qu'elle avait quelques verres dans le nez. Elle avait une robe vraiment extra – sa mère qui travaillait dans une boutique de prêt-à-porter était toujours au courant des dernières tendances – et, sacrifiant à la dernière mode féminine, elle mâchait du chewing-gum avec une telle conviction qu'on aurait dit un ruminant.

Ce bon vieux Lew a ajouté de l'alcool dans le punch et certains commençaient à être sérieusement éméchés. Le temps que les professeurs s'en aperçoivent, le saladier était vide et plusieurs élèves affichaient un regard vitreux. En voyant Angela engloutir son deuxième verre, je me suis dit qu'il valait mieux la tenir à l'œil. Elle avait beau m'avoir laissé tomber, je ne voulais pas qu'elle ait des ennuis. Lors de notre premier baiser, nos dents s'étaient entrechoquées si fort que j'en avais vu des étoiles et que j'avais dû avaler une aspirine dès mon retour à la maison. Mais c'était la première fille que j'avais embrassée sur la bouche et j'avais encore un faible pour elle.

J'étais donc assis à côté de Jamie à l'écouter d'une oreille distraite me décrire les merveilles des cours d'éducation religieuse, tout en surveillant Angela du coin de l'œil, lorsque Lew a surpris mon regard. D'un geste frénétique, il a saisi sa petite amie par la taille et l'a traînée jusqu'à notre table en me jetant un regard du style « tu cherches la bagarre », si vous voyez ce que je veux dire.

— Tu serais pas en train de reluquer ma nana, toi ?

Il était prêt à bondir.

— Mais non, Lew.

— Bien sûr que si, a protesté Angela d'une voix pâteuse. C'est mon ex-petit ami, celui dont je t'ai parlé.

Des yeux de Lew il ne restait que des fentes, exactement comme ceux d'Hegbert quand il me fusillait du regard. C'était une manie ou quoi ?

— Ah, c'est donc toi, a-t-il dit en ricanant.

Je n'ai jamais rien eu d'un bagarreur. La seule fois où je me suis battu, c'était en cours élémentaire ; un round n'avait même pas été nécessaire pour me mettre K-O vu que j'avais fondu en larmes avant même que l'autre me touche. En temps normal, ma nature passive me permettait d'éviter ce genre de conflit sans difficulté. D'autant plus que personne ne me cherchait de noises quand Éric était dans les parages. Malheureusement, à ce moment-là il avait disparu avec Margaret, sans doute derrière les gradins. J'ai préféré tout nier en bloc.

— Je ne la regardais pas, et je ne sais pas ce qu'elle t'a raconté, mais je ne suis pas sûr que ce soit la vérité.

Les yeux du beau garagiste se rétrécirent encore.

— Tu la traiterais pas de menteuse, par hasard ?

Au secours ! Il m'aurait sans doute frappé si Jamie n'était pas intervenue.

— Je ne te connaîtrais pas ? a-t-elle demandé gaiement à Lew en le dévisageant. Dans son innocence, Jamie ne se rendait pas toujours compte des tensions environnantes. Attends... oui... je me souviens. Tu travailles dans un garage, en ville. Ton père s'appelle Joe et ta grand-mère habite rue Foster, près du passage à niveau.

La perplexité se peignit sur le visage de Lew tandis qu'il cherchait à reconstituer ce puzzle aux pièces trop nombreuses.

— Comment tu le sais ? C'est lui, encore, qui t'a raconté ça ?

— Mais non, que tu es bête ! Elle a ri toute seule. Jamie était bien la seule à trouver la situation amusante. J'ai vu ta photo chez ta grand-mère, l'autre jour quand je l'ai aidée à porter ses courses.

Lew la dévisageait comme si des tiges de maïs lui sortaient des oreilles. De son côté, Jamie s'éventait avec la main.

— Nous venons juste de nous asseoir pour souffler un peu. Qu'est-ce qu'il fait chaud ! Voulez-vous vous joindre à nous ? Ces sièges sont libres. J'aimerais tellement avoir des nouvelles de ta grand-mère.

Elle semblait si sincèrement contente que Lew ne savait pas quoi faire. Il n'avait jamais rencontré quelqu'un comme elle. Il est resté là quelques instants, les bras ballants, se demandant s'il devait ou pas casser la figure du copain de la fille qui avait aidé sa grand-mère. La situation vous paraît sans doute invraisemblable ; alors imaginez son effet sur la cervelle de Lew, endommagée par les vapeurs d'essence.

Ce dernier a d'ailleurs fini par s'esquiver discrètement en emmenant Angela. Vu ce qu'elle avait bu, mon ex avait certainement oublié les tenants et les aboutissants de l'incident. Nous les avons regardés partir, Jamie et moi, et j'ai attendu qu'ils soient à une distance respectable pour pousser un soupir de soulagement. Je ne m'étais même pas rendu compte que j'avais retenu mon souffle.

– Merci, ai-je marmonné piteusement, réalisant que Jamie – oui, Jamie ! – m'avait sauvé la vie.

– De quoi ? s'est-elle étonnée.

Et comme je ne m'empressais pas de lui fournir des explications, elle a repris son histoire de cours d'été d'instruction religieuse comme si de rien n'était. Cette fois je lui ai prêté une oreille plus attentive, je lui devais bien ça.

Malheureusement, nous n'en avions pas encore terminé avec Lew et Angela. Les deux verres de punch qu'elle avait ingurgités étaient de trop, et Angela a vomi dans les toilettes des filles. Lew, toujours aussi galant, s'est éclipsé en rasant les murs dès qu'il a entendu ses haut-le-cœur, et on ne l'a plus revu de la soirée. Le destin a voulu que ce soit Jamie qui découvre Angela aux toilettes, dans un état lamentable. Il ne restait plus qu'à l'aider à se laver et à la ramener chez elle avant que les professeurs s'aperçoivent de quoi que ce soit. Boire était sévèrement puni à l'époque et Angela était mineure ; elle risquait de se faire suspendre de cours, voire même renvoyer.

Jamie, loué soit son bon cœur, voulait autant que moi lui épargner des ennuis. Cela m'a stupéfié car Angela s'était mise toute seule dans ce guêpier, elle avait enfreint toutes les règles de bonne conduite que prônait Hegbert. Celui-ci détestait qu'on transgresse les règlements et qu'on boive. Même si ces crimes ne le scandalisaient pas autant que la fornication, nous savions pertinemment qu'il ne plaisantait pas avec ça et, pour nous, Jamie ne pouvait que partager son opinion. C'était peut-être le cas d'ailleurs, mais son cœur de bon samaritain a dû l'emporter. Dès le premier regard, elle a classé Angela dans la catégorie des « animaux en détresse » et pris les mesures nécessaires. Quant à moi je suis parti à la recherche d'Éric – il se trouvait bien derrière les gradins – qui a accepté de monter la garde pendant que je nettoyais les dégâts avec Jamie. Angela s'était surpassée. Elle en avait mis partout. Les murs, le sol, les lavabos étaient couverts de vomi, jusqu'au plafond qui n'avait pas été épargné. La cuvette des W-C seule restait intacte. Dieu sait comment elle avait réussi cet exploit. Je me suis ainsi retrouvé à quatre pattes à passer la serpillière dans mon plus beau costume. Jamie n'était pas mieux lotie que moi. J'entendais presque le rire sadique de Carey résonner dans le lointain.

Nous avons ensuite réussi à faire sortir Angela par la porte de derrière en la soutenant de chaque côté. Elle n'arrêtait pas de demander où était passé Lew. D'un ton réconfortant, Jamie lui répondait de ne pas s'inquiéter, mais Angela était dans un tel état que je doute qu'elle ait compris ce qu'elle lui disait. Nous l'avons installée sur la banquette arrière de ma voiture où elle s'est aussitôt effondrée, non sans avoir auparavant vomi sur le tapis. L'odeur était si forte que nous avons dû rouler les vitres baissées. La route jusque chez elle nous a paru interminable. Quand sa mère nous a ouvert la porte, un regard à sa fille lui a suffi pour comprendre la situation et elle l'a aidée à rentrer au chaud sans même nous remercier. Elle devait se sentir embarrassée, et de toute façon nous n'avions rien à ajouter. Les faits parlaient d'eux-mêmes.

Il était déjà onze heures moins le quart et nous sommes repartis directement chez Jamie. J'étais très ennuyé par l'état dans lequel elle se trouvait comme par l'odeur qui l'environnait, et je priais le ciel qu'Hegbert soit déjà couché. Je n'avais aucune envie de lui donner des explications. Oh, il aurait sans doute écouté et compris celles de sa fille, néanmoins j'avais le désagréable pressentiment qu'il se débrouillerait pour me reprocher quelque chose.

J'ai raccompagné Jamie jusqu'à sa porte. Arrivée sous le porche éclairé, elle s'est tournée vers moi et a croisé les bras en me souriant doucement, comme si nous revenions d'une petite promenade au clair de lune où elle aurait contemplé le monde dans toute sa beauté.

— Je t'en prie, ne raconte rien à ton père, lui ai-je demandé.

— Promis. J'ai passé un excellent moment. Merci de m'avoir invitée.

Elle avait passé sa soirée à nettoyer des vomissures et elle me remerciait ! Jamie Sullivan avait vraiment le don de vous déstabiliser.

4.

Les deux semaines qui ont suivi le bal du lycée, ma vie a repris son cours normal. Mon père est reparti à Washington et aussitôt la maison a retrouvé une ambiance plus décontractée. Plus rien ne m'empêchait de faire le mur et de reprendre mes expéditions nocturnes au cimetière en compagnie de mes amis. Je ne sais pas ce qui nous fascinait là-bas. Peut-être tout simplement les tombes, où nous n'étions pas si mal assis finalement.

Nous aimions particulièrement l'endroit où la famille Preston avait été enterrée un siècle auparavant. Leurs huit pierres tombales disposées en cercle dessinaient un espace adapté à la circulation du sac de cacahuètes entre nous. Nous avions cherché des informations sur cette famille à la bibliothèque. Tant qu'à s'asseoir sur la tombe des gens, autant connaître un peu leur vie, non ?

Nous n'avions pas découvert grand-chose sauf que le père, Hénry Preston, était un bûcheron manchot. On racontait même qu'il coupait un arbre aussi vite qu'un homme normal. Et comme naturellement le fait nous avait frappés, nous parlions beaucoup de lui, nous demandant de quoi son unique bras pouvait bien être encore capable, et passant de longues heures à imaginer à quelle vitesse le bonhomme frappait une balle de base-ball ou s'il pouvait traverser à la nage l'Intracoastal Waterway. Nos conversations ne volaient pas haut, je le reconnais, mais je m'amusais bien.

Un samedi soir, nous mangions donc nos cacahuètes au cimetière en parlant de Henry Preston lorsque Éric m'a demandé comment s'était passée ma soirée avec Jamie Sullivan. La saison de football ayant commencé, il jouait tous les dimanches et nous ne nous étions presque pas vus depuis le bal.

– Très bien, ai-je affirmé du ton le plus naturel possible.

Il m'a donné un coup de coude dans les côtes en riant, m'arrachant un râle de douleur. Il pesait au moins quinze kilos de plus que moi.

– Tu l'as embrassée en la quittant ?

– Non.

Il a avalé une grande gorgée de Budweiser. Je ne sais pas comment il se débrouillait, mais il arrivait toujours à se procurer de la bière. Tout le monde en ville connaissait son âge, pourtant.

Il s'est essuyé les lèvres du revers de la main en me jetant un regard lourd de sous-entendus.

– Après tout le mal qu'elle s'est donné à nettoyer les toilettes, tu aurais au moins pu l'embrasser.

– Eh bien, non.

– Tu n'as même pas essayé ?

– Non.

– Pourquoi ?

– Ce n'est pas son genre.

Tout le monde le savait, mais on aurait dit que je voulais la défendre.

Éric ne pouvait pas laisser passer une telle occasion.

– Je crois que tu as un faible pour elle.

– Ne dis pas de conneries !

Il m'a donné une telle claque dans le dos que j'en ai eu la respiration coupée. La fréquentation d'Éric me valait régulièrement des bleus.

– Ouais, je dis peut-être des conneries, a-t-il repris en me décochant un clin d'œil, mais je sais très bien que tu es amoureux d'elle.

On s'engageait sur un terrain dangereux.

– Je me suis juste servi d'elle pour impressionner Margaret. Et à voir les petits mots doux qu'elle m'envoie, je dois avouer que ça a bien marché.

– Margaret et toi, alors là, ça m'étonnerait... ! s'est-il esclaffé en me donnant une nouvelle bourrade.

À mon grand soulagement, la conversation prit un autre cours. Je l'avais échappé belle. Je glissais un mot par-ci par-là sans vraiment écouter ce qui se disait, préoccupé par la petite voix au fond de moi qui me répétait les propos d'Éric.

En fait, je n'aurais pas pu avoir de meilleure cavalière que Jamie ce soir-là, surtout vu la tournure des événements. Peu de filles, et, disons-le, peu de gens auraient agi comme elle. Mais cela ne signifiait pas que j'avais un faible pour elle. Je ne lui avais pas parlé depuis le bal, sauf en cours d'art dramatique, et nos échanges s'étaient limités à deux ou trois mots. Si elle m'avait plu, j'aurais eu envie de bavarder avec elle, de la raccompagner, de l'emmener à Cecil's Diner manger un panier de beignets de maïs ou boire un bon vieux Coca. Mais tout cela ne me tentait pas, alors là, pas du tout. J'avais déjà donné.

Le lendemain, un dimanche, j'avais décidé de rester dans ma chambre à plancher sur ma candidature à l'Université. Outre le dossier d'inscription, je devais fournir les cinq essais traditionnels : Si vous pouviez rencontrer un personnage célèbre du passé qui choisiriez-vous et pourquoi ? Qu'est-ce qui a eu le plus d'influence sur votre vie ? Qui admirez-vous particulièrement et pourquoi ? Les questions étaient plus que prévisibles, notre professeur de littérature nous avait préparés à ce qui nous attendait, et j'avais déjà travaillé ces sujets dans différent devoirs.

La littérature constituait sans doute ma meilleure matière, depuis les petites classes je n'obtenais que des A. Par chance le dossier d'inscription valorisait la dissertation plutôt que les maths ; je détestais particulièrement ces problèmes d'algèbre où il est question de deux trains qui partent avec une heure de différence et roulent dans des directions opposées à soixante-cinq kilomètres à l'heure... Ce n'est pas que j'étais nul en maths, en général je m'en tirais au moins avec un C, mais ce n'était pas la matière dans laquelle je me sentais le plus à l'aise, si vous voyez ce que je veux dire.

J'étais donc plongé dans un des essais lorsque le téléphone a sonné. Notre unique appareil se trouvait dans la cuisine et j'ai dévalé l'escalier pour aller décrocher. Hors d'haleine, j'ai cru reconnaître la voix d'Angela. J'ai souri intérieurement. Bien qu'elle ait repeint les toilettes, m'obligeant à tout nettoyer sur son passage, il fallait avouer qu'en temps normal elle était plutôt d'agréable compagnie. Et la robe qu'elle portait au bal était sensationnelle, la première heure du moins. Elle voulait sûrement me remercier, voire même m'inviter à aller manger un sandwich ou des beignets.

— Landon ?

— Oh, salut ! ai-je répondu en jouant les décontractés. Quoi de neuf ?

Il y a eu un bref silence au bout du fil.

— Comment vas-tu ?

Et brutalement j'ai reconnu Jamie. Le combiné faillit me tomber des mains. On ne peut pas dire que son coup de téléphone me ravissait, ça non.

Qui avait bien pu lui donner mon numéro ? Quel idiot ! Il suffisait d'ouvrir l'annuaire de l'église.

— Landon ?

— Ça va, ai-je bredouillé, encore sous le choc.

— Tu es occupé ?

— Oui, assez.

— Oh... je vois... a-t-elle dit d'une voix hésitante. Elle a marqué un nouveau silence

— Pourquoi m'appelles-tu ?

Elle a encore laissé s'écouler quelques secondes avant de répondre.

— Eh bien... je voulais juste savoir si tu ne pourrais pas passer dans l'après-midi.

— Passer ?

— Oui, chez moi.

— Chez toi ! me suis-je exclamé sans chercher à masquer ma surprise grandissante.

— Je voudrais te parler, continua-t-elle en ignorant ma réaction. C'est très important, sinon je ne t'ennuierais pas avec ça.

— Tu ne peux pas juste me le dire au téléphone ?

— Je préfère pas.

— Écoute, je pensais travailler cet après-midi sur mes essais pour l'inscription à l'Université, ai-je commencé pour me défiler.

— Eh bien... comme c'est important, on pourrait peut-être en parler lundi au lycée...

J'ai alors compris qu'elle ne me lâcherait pas et qu'il me faudrait l'écouter tôt ou tard. Tandis que je tentais de décider des mesures à prendre, dans mon cerveau défilaient différents scénarios possibles. Fallait-il lui parler en public – avec le risque que tous mes amis me voient en sa compagnie – ou valait-il mieux me rendre chez elle ? Aucune option ne me séduisait. Pendant que je tergiversais de la sorte, la petite voix au fond de moi me murmurait que Jamie m'avait sorti d'affaire et que je lui devais bien d'écouter ce qu'elle avait à me dire. Or bien qu'irresponsable, je me plaisais à croire que j'avais un bond fond. Évidemment, je n'étais pas forcé de le crier sur les toits.

– Non, finalement aujourd'hui ce sera parfait...

Nous avons pris rendez-vous pour cinq heures. Le temps qui me restait jusque-là s'est étiré avec une lenteur infinie, tel un supplice chinois. Je suis parti de chez moi vingt minutes avant l'heure convenue. Ma maison se trouvait près de la plage dans la vieille ville, à quelques numéros de celle de Barbenoire, au-dessus de l'Intracoastal Waterway. Comme Jamie habitait à l'opposé, au-delà de la voie de chemin de fer, il fallait bien compter ça.

Nous étions en novembre et le temps commençait à peine à se rafraîchir. Beaufort présente cet avantage que l'automne et le printemps y durent presque éternellement. Tous les cinq ou six ans, il arrive qu'il fasse très chaud en été ou qu'il neige en hiver, avec un bon coup de froid d'une semaine en janvier ; mais généralement, une veste légère suffit pour passer la mauvaise saison. Ce dimanche-là était une de ces journées bénies où le thermomètre indiquait une bonne vingtaine de degrés et où pas un nuage n'obscurcissait le ciel.

Je suis arrivé chez Jamie à cinq heures précises. C'est elle qui m'a ouvert tandis que, d'un bref regard, je vérifiais qu'Hegbert était absent. Il ne faisait pas assez chaud pour un thé sucré ou de la limonade et nous nous sommes installés à notre place habituelle, sous le porche, sans prendre de rafraîchissements. Le soleil baissait à l'horizon, la rue était déserte. Je n'ai pas eu besoin de déplacer mon fauteuil, il n'avait pas bougé depuis la dernière fois.

– Merci d'être venu, Landon. Je sais que tu es très occupé et c'est vraiment gentil de m'accorder un peu de ton temps.

– Alors, qu'avais-tu de si important à me dire ?

J'avais hâte d'en finir.

Jamie, pour la première fois depuis que je la connaissais, me paraissait nerveuse. Elle n'arrêtait pas de croiser et décroiser ses mains.

– Je voulais te demander un service, a-t-elle commencé d'un ton grave.

– Un service ?

Elle a hoché la tête. Je m'attendais à ce qu'elle me prie de l'aider à décorer l'église, comme elle en avait parlé au bal, ou de lui faire profiter de la voiture de ma mère pour transporter je ne sais quoi jusqu'à l'orphelinat. Jamie n'avait pas le permis et Hegbert, de toute façon, avait toujours besoin de

74

son véhicule pour un enterrement ou quelque chose dans le genre.

Après une nouvelle pause, un nouveau croisement des mains et un autre soupir, elle a fini par m'expliquer.

– Accepterais-tu de jouer Tom Thornton dans la pièce ?

Tom Thornton, c'était ce père qui rencontre un ange en cherchant une boîte à musique pour sa fille. De loin le rôle le plus important après celui de l'ange lui-même.

– Eh bien... je ne sais pas. Je croyais que Mlle Garber avait annoncé qu'Eddie Jones tiendrait ce rôle.

Eddie Jones ressemblait beaucoup à Carey Dennison : tout maigre, le visage couvert de taches de rousseur et des yeux qui louchaient dès qu'il devait parler. Ce tic le prenait à la moindre anxiété, c'est-à-dire tout le temps. Il débiterait certainement ses répliques d'une traite comme un aveugle hystérique si on le mettait devant un public. Et pour couronner le tout, il bégayait ; la moindre phrase lui prenait une éternité. Comme il avait été le seul à se proposer pour le rôle, Mlle Garber n'avait pu qu'accepter, mais à contrecœur, c'était évident. Après tout, les professeurs sont des êtres humains comme les autres.

– En fait, elle a voulu dire qu'Eddie aurait le rôle si personne d'autre ne le réclamait.

– Et personne d'autre que moi ne peut le jouer ? ai-je demandé tout en connaissant déjà la réponse.

Comme Hegbert tenait à ce que la pièce ne soit interprétée que par des élèves de terminale, nous nous trouvions dans une impasse. Sur la cinquantaine de garçons de ce niveau cette année-là, vingt-deux appartenaient à l'équipe de football et, comme ils étaient en compétition pour le titre national, aucun ne pouvait assister aux répétitions. Parmi la trentaine restante, plus de la moitié faisaient partie de la fanfare et s'entraînaient après les cours, eux aussi. D'après un rapide calcul, il n'y avait plus qu'une douzaine de candidats possibles à tout casser.

Or je n'avais aucune envie de jouer la pièce. J'avais découvert qu'il n'y avait rien de plus barbant que le théâtre, et la perspective de passer tous mes après-midi pendant un mois à répéter en compagnie de Jamie me faisait frémir. Je l'avais invitée au bal, c'était déjà amplement suffisant. Je ne voulais pas m'afficher avec elle une fois de plus ni fournir à mes amis des prétextes à bavardage.

Je sentais pourtant que cette pièce était très importante pour elle. Le simple fait qu'elle ait recouru à mes services le prouvait. Elle ne demandait jamais rien à personne. Elle devait craindre de se faire rembarrer. Cela m'a fait de la peine.

– Et pourquoi pas Jeff Bangert ?

– Impossible. Son père est malade et Jeff doit travailler au magasin après les cours en attendant qu'il soit rétabli.

— Et Darren Woods ?

— Il s'est cassé le bras la semaine dernière en glissant sur le pont de son bateau. Il est dans le plâtre.

— C'est vrai ? Je ne savais pas.

J'essayais de gagner du temps tout en sachant que Jamie n'étais pas dupe de mon manège.

— Je voudrais tellement que cette pièce soit une réussite cette année, Landon, a-t-elle soupiré. Pas pour moi, bien sûr ; pour mon père. Je voudrais que ce soit un triomphe. Je sais ce que cela représente à ses yeux de me voir dans le rôle de l'ange, parce que cette pièce lui rappelle ma mère... — Elle s'arrêta, rassemblant ses pensées. — Ce serait terrible que ce soit un fiasco.

Elle a marqué une nouvelle pause, puis d'une voix plus émue que jamais :

— Je sais qu'Eddie fera de son mieux. Et cela ne me gêne pas de jouer avec lui, c'est vraiment un très gentil garçon. Mais il m'a dit qu'il regrettait de s'être proposé. Parfois, au lycée, les autres peuvent se montrer si... si cruels et je ne veux pas qu'on lui fasse de mal. Mais... — elle a pris une profonde inspiration — en fait, je te le demande surtout pour mon père. Il est tellement bon, Landon. Si les gens se moquent du souvenir qu'il a de ma mère alors que c'est moi qui interprète son personnage... il en aura le cœur brisé. Et si Eddie joue le père... tu sais ce qu'on va dire...

J'ai hoché la tête, les lèvres pincées, conscient du fait que je n'aurais pas été le dernier à me moquer d'eux. Je les avais d'ailleurs déjà baptisés « Jamie et Eddie, le couple d'enfer ». Maintenant, l'idée que j'avais lancé cette vacherie me donnait presque la nausée.

Jamie s'est redressée légèrement sur son siège et m'a considéré d'un air triste, prête à entendre mon refus. Elle n'avait aucune idée de ce que je ressentais.

— Je sais que nos épreuves sont voulues par Dieu, pourtant je ne veux pas croire qu'Il soit cruel, surtout envers un homme comme mon père qui se dévoue corps et âme à Lui et à ses fidèles. Il a déjà perdu sa femme et il a dû m'élever seul. Je lui en suis tellement reconnaissante...

J'ai eu le temps de voir ses yeux se remplir de larmes avant qu'elle se détourne. C'était la première fois que je la voyais pleurer. Ma gorge s'est serrée.

— Je ne te le demande pas pour moi, a-t-elle continué d'une petite voix, non, pas du tout, et si tu refuses, je continuerai à prier pour toi. Mais si tu voulais faire une bonne action envers cet être qui représente tant pour moi... Tu veux bien au moins y réfléchir ?

Elle me dévisageait d'un air d'épagneul qui vient de s'oublier sur le tapis. J'ai baissé les yeux.

— C'est tout réfléchi. Je le ferai.

Je n'avais pas vraiment le choix, non ?

5.

J'ai mis Mlle Garber au courant de ma décision dès le lendemain. Elle m'a fait passer une audition, et j'ai obtenu le rôle. Eddie m'a paru très soulagé. Quand Mlle Garber lui a demandé s'il voulait bien me laisser sa place, son visage s'est illuminé et ses yeux se sont brusquement rejoints.

– O-oui, t-tout à fait, a-t-il bégayé. J-je... je comprends.

Il a bien mis dix secondes à achever sa phrase.

En remerciement, Mlle Garber lui a confié le rôle du clochard, qu'il jouerait parfaitement, nous en étions tous convaincus. Il s'agissait d'un personnage muet, mais l'ange savait toujours ce qu'il pensait. À un moment clé de la pièce il lui promettait que Dieu prendrait toujours soin de lui parce qu'Il protégeait les pauvres et les opprimés. De cette façon, le public comprenait que l'ange était envoyé par Dieu. Je l'ai déjà expliqué, Hegbert tenait à ce qu'on sache bien qui apportait la rédemption et le salut – et il ne pouvait absolument pas s'agir d'une bande de fantômes en vadrouille.

Les répétitions ont commencé la semaine suivante dans notre salle de cours. Le théâtre ne nous ouvrirait ses portes que lorsque nous aurions une maîtrise parfaite des accessoires : nous avions tendance en effet à nous accrocher aux décors. Ceux-ci avaient été réalisés pour la première représentation de la pièce, il y avait quinze ans de cela, par Toby Bush, un homme à tout faire qui avait effectué quelques travaux dans la salle des spectacles. Son goût prononcé pour la bière l'avait réduit à l'état de bricoleur nomade car il ne pouvait renoncer à sa chère boisson, même quand il travaillait. À partir de deux heures de l'après-midi il planait complètement, au point sans doute de ne rien voir car il se tapait sur les doigts presque quotidiennement. Alors, invariablement, il lâchait le marteau et se mettait à sauter sur place en se tenant la main et en injuriant le monde entier, sa mère et le diable compris. Une fois calmé, il avalait une nouvelle bière pour apaiser la douleur et se remettait au travail. Ses phalanges, enflées par de longues années d'aussi violents traitements, étaient grosses comme des noix. Personne évidemment ne voulait prendre le risque d'embaucher un tel phénomène. Et Hegbert lui-même n'avait eu recours à ses services que parce qu'il était de loin l'artisan le moins cher de la ville.

Il lui avait cependant interdit de boire et de jurer. Toby avait eu du mal à travailler dans un climat aussi tendu et son ouvrage s'en était ressenti. Malheureusement, on ne s'en était aperçu qu'au bout de quelques années, quand les décors avaient commencé à se désagréger. Hegbert avait alors entrepris de les réparer lui-même. Hélas, il savait mieux assener la Bible que manier le marteau. Les décors gondolaient, les clous rouillés perçant le contreplaqué en d'innombrables endroits, et tout déplacement ne pouvait s'effectuer qu'avec une extrême prudence. Quelques années plus tard, il avait fallu refaire le sol du théâtre et, le directeur ne pouvant fermer ses portes à Hegbert, il lui avait fait promettre de se montrer plus soigneux à l'avenir. Non seulement nous risquions de nous blesser, mais aussi de renverser ces parois de bois qui perçaient le plancher de la scène d'une myriade de petits trous. En attendant que ces « petits détails techniques » soient réglés nous répétions donc dans notre salle de classe.

Heureusement, Hegbert, débordé par ses tâches pastorales, ne pouvait plus suivre la mise en scène. Ce rôle revenait à Mlle Garber qui nous a pressés d'apprendre notre texte. Nous ne disposions que de trois semaines en effet pour répéter au lieu des quatre habituelles : d'une part Thanksgiving tombait le dernier jeudi de novembre, et d'autre part Hegbert ne voulait pas que la représentation ait lieu trop près de Noël car elle aurait interféré avec le sens profond de cette fête.

Les répétitions commençaient à trois heures de l'après-midi. Dès la première, Jamie savait toutes ses répliques par cœur. Et bien que cela fût, somme toute, normal, je constatai avec surprise qu'elle connaissait également les miennes et celles des autres rôles. Quand nous travaillions une scène, elle récitait sa réplique sans se reporter au script tandis que j'y jetais des regards inquiets en me demandant ce que j'étais censé répondre. Chaque fois que je levais les yeux vers elle, elle montrait l'expression rayonnante de celle qui attend l'apparition d'un buisson ardent ou je ne sais quel autre miracle. À vrai dire, je ne connaissais que les répliques du muet, et je me mis à envier le sort d'Eddie. Contrairement à ce que j'avais espéré en m'inscrivant à ces cours, j'écopais d'une quantité considérable de travail.

La griserie tirée de mon noble engagement n'a pas résisté à plus d'une journée de répétition. Je restais persuadé d'avoir pris la bonne décision, mais mes amis n'étaient pas de cet avis et ne cessaient de me harceler.

— Quoi ? s'est exclamé Éric. Tu joues dans la pièce avec Jamie Sullivan ? T'es fou ou quoi ?

J'ai grommelé que j'avais de bonnes raisons, mais cela ne l'a pas convaincu et il est allé raconter partout que j'étais amoureux de Jamie. Mes protestations n'ont fait que le conforter dans son idée. Ils ont ri de plus belle en racontant la nouvelle à qui voulait l'entendre. Au déjeuner, j'ai même entendu Sally annoncer que j'avais l'intention de me fiancer. Elle devait être jalouse, elle avait un faible pour moi depuis des années. Un sentiment qui aurait pu être réciproque si elle n'avait pas porté un œil de verre : j'estimais cela rédhibitoire. On aurait dit les yeux de ces chouettes empaillées qu'on trouve dans les magasins d'antiquités miteux, et pour être honnête, j'en avais la chair de poule.

C'est sans doute à ce moment-là que j'ai recommencé à ne plus pouvoir supporter Jamie. Je savais que ce n'était pas de sa faute pourtant. En fait, je trinquais pour contenter Hegbert alors qu'il ne s'était pas montré particulièrement sympathique avec moi le soir du bal. Les jours suivants j'ai bredouillé mes répliques sans jamais essayer de les apprendre et je me suis même permis quelques petites plaisanteries qui faisaient rire tout le monde sauf Jamie et Mlle Garber. Après les répétitions, je chassais la pièce de mes pensées et, au lieu de relire le script, je me moquais de Jamie devant mes amis tout en leur laissant croire que c'était Mlle Garber qui m'avait forcé à accepter le rôle de Tom.

Mais Jamie n'avait aucune intention de me laisser m'en tirer comme ça. Non, elle a tapé là où ça faisait mal, un direct en plein dans le mille de mon bon vieil amour-propre.

C'était le samedi soir après le troisième tour du championnat national de football, environ une semaine après le début des répétitions. J'étais sorti avec Éric et nous mangions des beignets de maïs sur le front de mer devant Cecil's Diner en regardant les gens passer dans leurs voitures, lorsqu'à une centaine de mètres de là, j'ai aperçu Jamie qui descendait la rue. Vêtue de son éternel cardigan marron, sa bible à la main, elle cherchait visiblement quelqu'un. Il devait être neuf heures du soir, c'était étonnant de la voir dehors aussi tard, surtout dans ce quartier. Je lui ai aussitôt tourné le dos en relevant le col de ma veste, mais même Margaret, qui avait de la crème de banane en guise de cerveau, a deviné qui elle cherchait.

– Landon, ta petite amie est là.

– Ce n'est pas ma petite amie. Je n'ai pas de petite amie.

– Alors ta fiancée.

Elle avait dû croiser Sally.

– Je ne suis pas fiancé non plus, alors laisse tomber.

J'ai jeté un coup d'œil par-dessus mon épaule pour voir si Jamie m'avait repéré. Elle se dirigeait droit sur nous et j'ai fait celui qui n'avait rien remarqué.

– Elle arrive, a gloussé Margaret.

– Je sais.

– Elle vient toujours par ici, ajouta-t-elle vingt secondes plus tard.

Quand je vous disais qu'elle était futée...

– Je sais, ai-je marmonné, les dents serrées.

Si elle n'avait pas eu de si jolies jambes, j'aurais trouvé Margaret aussi exaspérante que Jamie.

J'ai de nouveau glissé un œil dans la direction de

84

Jamie qui, cette fois, s'en est rendu compte et m'a fait signe de la main en souriant. Je lui ai carrément tourné le dos.

– Bonjour, Landon, m'a-t-elle lancé, imperméable à mon indifférence. Bonjour, Éric, bonjour, Margaret...

Elle nous a salués les uns après les autres. Tout le monde a marmonné bonjour en essayant de ne pas regarder sa bible. Éric a caché sa bière dans son dos, Jamie avait le don de le culpabiliser. Ils avaient été voisins autrefois, et Éric avait dû supporter ses sermons. Il l'appelait la « Timbrée du Salut » – en référence à l'Armée du Salut. « Elle aurait dû être général de brigade », aimait-il à répéter. Devant elle, pourtant, il ne faisait pas le malin. Persuadé au fond qu'elle bénéficiait des bonnes grâces du Seigneur, il préférait ne pas se la mettre à dos.

– Comment vas-tu, Éric ? Ça fait longtemps que je ne t'ai pas vu, a-t-elle remarqué comme s'ils étaient de vieux amis.

Lui se dandinait d'un pied sur l'autre en fixant ses chaussures d'un air coupable.

– Eh bien... je ne suis pas allé à l'église ces derniers temps.

– Ce n'est pas grave, tu sais, du moment que ça ne devient pas une habitude !

Et elle lui a offert un de ses sourires célestes.

– Non, bien sûr.

J'avais l'impression d'assister à une confession.

Pendant une seconde, j'ai même cru qu'Éric allait l'appeler « m'dame ».

– Tu veux une bière ? a proposé Margaret.

Je crois qu'elle se voulait drôle mais personne n'a ri.

– Oh non... Non, pas vraiment... Merci quand même.

Jamie s'est ensuite tournée vers moi avec un sourire rayonnant. Ça s'annonçait mal pour moi ! Et au lieu de m'entraîner à l'écart, comme je l'espérais, elle a engagé la conversation devant tout le monde.

– Eh bien, tu t'en es vraiment bien tiré cette semaine aux répétitions. Je sais que tu as beaucoup de répliques à apprendre, mais je suis sûre que tu les sauras bientôt parfaitement. Je voulais aussi te remercier de t'être porté volontaire. Tu es un véritable gentleman.

L'estomac noué, j'essayais de prendre un air détaché. Mes amis me dévisageaient, commençant à se demander si je ne leur avais pas raconté d'histoires. Avec un peu de chance, ils ne prêteraient pas attention à la dernière remarque de Jamie. Mais celle-ci s'est empressée de réduire mes espoirs à néant.

– Tes amis peuvent être fiers de toi.

– Oh, nous le sommes, s'est exclamé Éric avec conviction. Vraiment, quel gentil garçon, ce Landon. Se porter volontaire comme ça !

Il enfonçait le clou. Jamie lui a souri, puis elle s'est adressée à moi, toujours aussi radieuse.

– Je voulais également te dire que si tu as besoin d'aide tu peux venir chez moi quand tu veux. Nous pourrions nous installer sous le porche comme d'habitude, et revoir ensemble tes répliques.

J'ai vu les lèvres d'Éric articuler « comme d'habitude » à l'intention de Margaret. La situation m'échappait totalement. Mon estomac a fait trois tours sur lui-même.

– Ça ira, ai-je marmonné en cherchant un moyen de me sortir de ce pétrin. Je peux les apprendre à la maison.

– Parfois, c'est plus facile à deux, Landon, a lancé Éric.

Je vous avais dit qu'il était parfois sans pitié avec moi.

– Non, vraiment. Je préfère me débrouiller tout seul.

– Peut-être que vous pourriez répéter devant les enfants de l'orphelinat une fois que vous serez rodés, continua-t-il en souriant. – Il était lancé. – Comme une générale. Je suis sûr que ça leur plairait.

À la simple mention du mot « orphelins », on pouvait presque entendre un déclic dans le cerveau de Jamie.

– Tu crois ? a-t-elle demandé.

– Bien sûr, a affirmé Éric en hochant vigoureusement la tête. C'est Landon qui en a eu l'idée. Moi, si j'étais orphelin, j'apprécierais beaucoup, même s'il ne s'agit pas d'une véritable représentation.

— Moi aussi, a renchéri Margaret.

Je ne pouvais chasser de mon esprit l'image de Brutus poignardant Jules César dans le dos. *Tu quoque, Éric* ?

— C'est Landon qui a eu cette idée ?

Elle a froncé les sourcils en me regardant d'un air songeur.

Éric était décidé à m'achever. J'étais plaqué au sol, il ne lui restait qu'à me donner le coup de grâce.

— Ça te plairait d'aider les orphelins, n'est-ce pas, Landon ?

Difficile de répondre non.

— Oui, bien sûr, ai-je grommelé tout bas en regardant fixement mon meilleur ami.

Bien qu'il soit en classe d'adaptation, Éric aurait fait un sacré joueur d'échecs.

— Parfait, alors c'est décidé. Enfin, si tu es d'accord, Jamie.

Avec son sourire mielleux, il aurait pu sucrer la moitié du Coca-Cola du comté.

— Eh bien... je suppose qu'il faut d'abord en parler à Mlle Garber et au directeur de l'orphelinat, mais je trouve l'idée excellente en tout cas.

Et c'est vrai qu'elle avait l'air contente. Échec et mat.

Le lendemain, j'ai passé quatorze heures à apprendre mes répliques et à maudire mes amis.

Quitte à jouer devant une poignée d'orphelins, autant ne pas être ridicule. Comment ma vie pouvait-elle avoir dérapé ainsi ? Mon année de terminale ne se présentait pas du tout comme je l'avais prévu.

6.

Dès le lundi, nous avons fait part de notre idée à Mlle Garber qui l'a trouvée « merveilleuse », son mot préféré après « Bonjouour ». « Merveilleux ! » s'est-elle exclamée en découvrant que je connaissais entièrement mon texte. Et elle n'a cessé de rabâcher son enthousiasme pendant deux heures, concluant chaque scène de ce cri extasié. Quand la répétition s'est terminée, mes oreilles en bourdonnaient.

Elle a même donné plus d'ampleur à notre projet en proposant à d'autres membres de la troupe d'y participer : les orphelins pourraient ainsi assister à l'intégralité du spectacle. Sa façon de présenter les choses ne laissait pas réellement le choix. Mlle Garber a balayé la classe du regard, n'attendant qu'un hochement de tête pour entériner sa décision ; personne n'a bronché. Au même moment, Eddie, qui je ne sais comment venait d'avaler un moustique, a violemment éternué, projetant la bestiole aux pieds de Norma Jean qui s'est levée d'un bond en hurlant.

– Beurk ! C'est dégoûtant ! ont protesté des élèves autour d'elle.

Les autres se tordaient le cou pour voir ce qui se passait, et pendant dix secondes la pagaille a été totale. Mlle Garber a sauté sur l'occasion.

– Merveilleux ! s'est-elle écriée, coupant court à toute discussion.

Jamie était emballée à l'idée de jouer devant les orphelins. Pendant la pause, elle m'a remercié d'avoir pensé à eux.

– Tu ne pouvais pas le savoir, m'a-t-elle confié d'un ton de conspirateur, mais je cherchais désespérément ce que je pouvais organiser à l'orphelinat cette année. Ça fait des semaines que je supplie le ciel de me donner une idée, je voulais que ce Noël soit particulier.

– Pourquoi ce Noël ?

Elle m'a souri d'un air patient comme si j'avais posé une question idiote.

– Comme ça, c'est tout.

Nous devions discuter de l'événement avec M. Jenkins, le directeur de l'orphelinat. En m'apprenant dès le lendemain que nous avions rendez-vous avec lui dans la soirée, Jamie m'a pris au dépourvu : je n'avais jamais rencontré M. Jenkins et je craignais de ne pas être suffisamment habillé. Je souhaitais faire bonne impression, quoi de plus normal ? Et même si mon enthousiasme n'atteignait pas celui de

Jamie, je ne voulais pas risquer de gâcher le Noël des orphelins.

Nous sommes passés chez moi prendre la voiture de ma mère. L'établissement se trouvait à Morehead City, de l'autre côté du pont de Beaufort. Jamie n'a pas ouvert la bouche de tout le trajet. Ce n'est qu'à la vue des maisons spacieuses et bien entretenues qu'elle m'a demandé de quand elles dataient et qui y vivait. J'ai répondu sans réfléchir, et ce n'est qu'en ouvrant ma porte que j'ai réalisé combien mon univers différait du sien. Elle n'était sans doute jamais entrée dans un intérieur aussi luxueux et regardait autour d'elle avec stupéfaction. Elle a parcouru des yeux la série de portraits de mes ancêtres qui ornaient les murs. Comme souvent dans le Sud, toute la généalogie de ma famille pouvait être reconstituée à partir de ces douzaines de visages. Elle les a détaillés les uns après les autres, sans doute à la recherche d'une ressemblance, puis son attention s'est reportée sur l'ameublement qui semblait encore neuf bien que vieux de vingt ans. Les meubles en acajou et en cerisier avaient été conçus spécialement pour chaque pièce. L'ensemble était réussi, je dois le reconnaître, mais je n'y avais jamais pris garde auparavant. À mes yeux, il s'agissait d'une maison comme les autres. Mon endroit préféré était la fenêtre de ma chambre qui donnait sur le porche, à l'étage au-dessus. Elle me servait de sortie de secours.

Je lui ai fait faire un rapide tour du salon, de la

bibliothèque, du bureau et de la salle de séjour, qu'elle a parcourus les yeux écarquillés. Ma mère, qui lisait en sirotant un Mint-Julep sur la terrasse, est venue nous dire bonjour.

Je vous ai déjà raconté que tous les adultes de la ville adoraient Jamie. Et ma mère ne faisait pas exception. Bien qu'Hegbert n'ait jamais cessé de fustiger ma famille dans ses sermons, elle n'en tenait pas rigueur à Jamie. Pendant que toutes deux discutaient au salon, je suis monté en vitesse enfiler une chemise propre et une cravate. Les garçons la portaient facilement à l'époque, en particulier pour les rendez-vous importants. Quand je suis redescendu, Jamie exposait notre projet.

— C'est une idée merveilleuse. Landon a vraiment un cœur d'or.

Ma mère s'est assurée qu'elle avait bien entendu, puis elle s'est tournée vers moi en haussant les sourcils.

— C'est donc toi qui as eu cette idée ?

Elle me dévisageait comme si j'étais un extraterrestre. Jamie ne mentait jamais, tout le monde le savait bien.

Je me suis éclairci la voix en maudissant Éric que j'aurais volontiers enduit de mélasse avant de l'abandonner aux fourmis magnans.

— En quelque sorte, ai-je éludé.

— C'est stupéfiant !

C'est tout ce qu'elle a dit. Elle ignorait les détails de l'histoire, mais elle devinait sans mal que j'avais dû être coincé pour en arriver là ; les mères ont un sixième sens. Son regard me sonda un moment, à la recherche d'une explication plausible. J'ai détourné les yeux sous prétexte de consulter ma montre et, feignant la surprise, j'ai annoncé à Jamie qu'il était temps de partir. Ma mère m'a tendu les clés de sa voiture sans cesser de m'observer. Je me suis éloigné avec Jamie en laissant échapper un soupir de soulagement, confusément persuadé d'avoir échappé de peu à un très grand danger.

— Reviens quand tu veux, Jamie, a alors lancé ma mère. Tu seras toujours la bienvenue.

Votre mère peut vraiment vous jouer de sales tours.

— Elle est merveilleuse, a dit Jamie.

— Ouais, sans doute, ai-je marmonné en démarrant.

— Et ta maison est magnifique.

— Oui.

— Tu as de la chance.

— Oh ça, tu as raison. Je suis le plus grand veinard de la terre.

Mon ton sarcastique lui a totalement échappé.

Nous sommes arrivés à l'orphelinat avec quelques minutes d'avance. La nuit tombait. Le directeur recevant un important appel téléphonique et ne pouvant nous recevoir tout de suite, nous l'avons attendu sur un banc dans le couloir. Jamie tenait sa bible sur ses genoux. Cela la rassurait, je suppose.

— Tu as été vraiment parfait aujourd'hui, a-t-elle

alors affirmé en se tournant vers moi. Je veux parler de tes répliques.

— Merci, ai-je répondu, fier et découragé en même temps. Mais je n'ai pas encore trouvé le bon rythme.

Je m'en suis aussitôt voulu de cette réflexion, craignant qu'elle ne me propose de répéter avec elle sous son porche.

— Ça viendra quand tu connaîtras le texte entier.

— J'espère.

Elle a souri.

— Est-ce qu'il t'arrive de penser à l'avenir ?

Elle me prenait complètement au dépourvu ; cette question me paraissait tellement... banale.

— Oui, bien sûr.

Je restais prudent.

— Que veux-tu faire plus tard ?

J'ai haussé les épaules, vaguement inquiet de la voie sur laquelle elle s'engageait.

— Je ne sais pas encore. Je voudrais entrer à l'université de Caroline du Nord, s'ils m'acceptent.

— Tu seras pris.

— Comment le sais-tu ?

— Parce que je prie pour ça aussi.

À son ton, j'ai cru que la discussion s'orienterait sur le pouvoir de la prière et de la foi, mais une fois encore Jamie m'a piégé.

— Et après l'Université, qu'est-ce que tu comptes faire ?

96

– Je l'ignore, ai-je vaguement articulé. Peut-être bûcheron manchot.

Ma réponse ne la fit même pas sourire.

– Tu devrais devenir pasteur, a-t-elle décrété gravement. Je trouve que tu as un don pour t'adresser aux gens, que tu sais retenir leur attention.

Cette idée me semblait tout à fait farfelue, mais je savais Jamie profondément sincère. Elle me faisait un compliment.

– Merci. Je ne sais pas si je choisirai ce métier. Je trouverai certainement ma voie en tout cas.

J'ai mis un moment à m'apercevoir que la conversation était retombée. C'était à mon tour de la relancer.

– Et toi ? Que veux-tu faire plus tard ?

Jamie s'est détournée, le regard perdu. Je me suis demandé quelles pensées la traversaient, mais son désarroi s'est évanoui aussi vite qu'il était apparu.

– Je voudrais me marier, a-t-elle dit doucement. Et ce jour-là, je voudrais que mon père me conduise à l'autel et que l'église soit pleine à craquer.

– C'est tout ?

Je n'avais rien contre le mariage, seulement ça me paraissait un peu bête de n'avoir que ce but dans la vie.

– Oui, c'est tout.

Vu le ton de sa réponse, j'ai cru qu'elle avait peur de finir comme Mlle Garber. De telles inquiétudes me paraissaient parfaitement absurdes, mais je me suis efforcé de la réconforter.

– Voyons, tu te marieras tôt ou tard. Tu rencontreras l'homme de ta vie et il te demandera de l'épouser. Je suis persuadé que ton père sera ravi de te conduire à l'autel.

J'ai éludé la question de la foule dans l'église. Je suppose que mon imagination n'allait pas jusque-là.

Jamie a réfléchi longuement à ma réponse, pesant visiblement chacun de mes mots sans que je sache pourquoi.

– Je l'espère, a-t-elle fini par déclarer.

Puis, je serais incapable d'expliquer pourquoi, j'ai senti qu'elle ne voulait plus parler de cela. J'ai donc changé de sujet.

– Depuis combien de temps viens-tu à l'orphelinat ?

– Sept ans. La première fois j'avais dix ans. Moins que la plupart des enfants qui y vivent.

– Ça te fait plaisir de leur rendre visite ou ça te rend triste ?

– Les deux. Certains ont connu des épreuves terribles. De quoi te briser le cœur. Pourtant, quand ils te voient arriver avec de nouveaux livres ou un nouveau jeu de société, leurs sourires te font oublier toute tristesse. Tu ne peux rien éprouver de meilleur au monde.

Elle était lumineuse et bien qu'elle n'ait pas le moins du monde l'intention de me culpabiliser, je me suis senti assailli de remords. C'était une des raisons qui rendaient Jamie si difficile à supporter ;

elle avait vraiment le chic pour vous déstabiliser. Mais je commençais à m'y habituer.

À ce moment, M. Jenkins nous a fait signe d'entrer. Son bureau ressemblait à une chambre d'hôpital avec son carrelage noir et blanc, ses murs et son plafond immaculés. Une armoire métallique se dressait contre le mur et on s'attendait à trouver un lit à la place du bureau, métallique lui aussi et l'air tout juste sorti de la chaîne de montage. L'absence totale de touche personnelle frisait la névrose. Pas une décoration n'ornait la pièce.

Jamie m'a présenté, nous nous sommes assis, puis elle a aussitôt pris la conversation en main. M. Jenkins et elle étaient de vieux amis, cela se sentait. Après avoir lissé les plis de sa jupe, elle a exposé notre plan. M. Jenkins avait vu la pièce quelques années auparavant et s'en souvenait parfaitement. Il semblait touché par le geste de Jamie. Pourtant il a très vite repoussé notre offre.

— Je ne trouve pas cette idée excellente.

Il avait au moins le mérite d'être franc.

— Pourquoi ? a demandé Jamie en fronçant les sourcils, sincèrement déconcertée par son manque d'enthousiasme.

M. Jenkins a ramassé un crayon qu'il s'est mis à tapoter sur son bureau, cherchant visiblement comment se justifier. Après un profond soupir, il l'a reposé.

— Je trouve ta proposition merveilleuse et je sais combien tu tiens à marquer cette occasion, Jamie.

Malheureusement cette pièce parle d'un père qui finit par découvrir combien il aime sa fille. – Il a repris son crayon et laissé ses paroles faire leur effet. – Noël est déjà une période assez difficile pour ces orphelins sans qu'on leur rappelle ce qui leur manque tant. S'ils voient ce spectacle...

– Oh, mon Dieu, l'a coupé Jamie en se mettant une main sur la bouche, vous avez raison ! Je n'y avais pas pensé.

Moi non plus, à dire vrai. M. Jenkins nous a néanmoins remerciés puis nous a fait part de ce qu'il avait prévu de son côté.

– Nous préparerons un petit arbre et quelques cadeaux. Vous êtes cordialement invités à vous joindre à nous pour le réveillon.

Après avoir fait nos adieux, Jamie et moi sommes repartis en silence. Je la sentais triste. Plus je la connaissais, plus la variété de ses émotions m'étonnait. Jamie n'était pas toujours enjouée et heureuse. Et là, pour la première fois, elle m'a semblé être une personne comme les autres.

– Je suis désolé que ça n'ait pas marché..., ai-je commencé doucement.

– Moi aussi.

Elle avait de nouveau ce regard lointain et il lui a fallu un moment avant de continuer.

– Je voulais juste faire quelque chose de différent pour eux cette année. Quelque chose dont ils se souviendraient. J'étais persuadée avoir enfin trouvé... Elle a soupiré. Le Seigneur doit avoir d'autres projets que j'ignore encore.

Elle s'est tue pendant un long moment et je l'ai regardée. La sentir malheureuse était plus insupportable encore que d'endurer le malaise qu'elle m'infligeait. Contrairement à elle, j'avais des raisons de ne pas être fier de moi.

— Pendant que nous sommes là, veux-tu aller voir les enfants ? lui ai-je proposé, cherchant désespérément ce qui pourrait lui remonter le moral. Je t'attendrai dehors si tu veux.

— Tu viendrais les voir avec moi ?

En toute honnêteté, je n'étais pas certain de pouvoir supporter cette épreuve, mais j'ai senti qu'elle désirait vraiment que je l'accompagne. Elle était tellement abattue que les mots jaillirent tout seuls de ma bouche.

— Bien sûr.

— Ils doivent se trouver dans la salle de jeux à cette heure-ci.

Nous nous sommes dirigés vers le fond du couloir où deux portes s'ouvraient sur une grande pièce. Une trentaine d'enfants étaient assis sur des chaises pliantes face à une télévision perchée sur le haut d'un meuble. Seuls ceux du premier rang voyaient correctement l'écran.

J'ai aperçu une vieille table de ping-pong dans un coin, toute craquelée et poussiéreuse, sans filet, sur laquelle traînaient deux verres en plastique. Elle n'avait pas dû servir depuis des mois, voire des années. Sur une rangée d'étagères, j'ai remarqué quelques jouets par-ci par-là, des cubes et des puzzles, des jeux de société. Pas grand-chose au total, et tout semblait très vieux. Le long des autres murs étaient alignés des petits bureaux individuels couverts de journaux gribouillés.

Nous nous tenions encore sur le seuil de la pièce, et comme aucun enfant ne nous avait remarqués, j'en ai profité pour demander à Jamie à quoi servaient ces journaux.

– Ils n'ont pas de cahiers de coloriage, alors ils prennent des magazines, m'expliqua-t-elle sans me regarder, les yeux fixés sur l'assemblée.

Elle semblait avoir retrouvé une partie de son entrain.

– Et c'est tout ce qu'ils ont comme jouets ?

– Oui, plus quelques peluches qu'ils ont le droit de garder dans leurs chambres.

La nudité de la pièce me consternait. J'avais du mal à imaginer comment on pouvait grandir dans un cadre pareil.

Nous nous sommes avancés et au bruit de nos pas l'un des enfants s'est retourné, un petit rouquin d'une huitaine d'années couvert de taches de rousseur à qui il manquait deux dents de devant.

– Jamie ! s'est-il écrié joyeusement.

Aussitôt toutes les têtes se sont retournées. Les enfants, en majorité des garçons, avaient entre cinq et douze ans. Passé cet âge, on les envoyait dans des familles d'accueil, ai-je appris plus tard.

– Bonjour, Roger, comment vas-tu ?

Roger et quelques-uns de ses compagnons se sont précipités vers nous. Les autres en ont profité pour occuper les sièges libérés au premier rang. Jamie m'a présenté à un enfant plus âgé qui venait de lui demander si j'étais son petit ami. À son ton, j'ai eu l'impression qu'il avait la même opinion d'elle que les élèves de mon lycée.

– C'est juste un ami, mais il est très gentil.

Nous avons passé une heure en compagnie des petits orphelins. Ils voulaient surtout savoir où j'habitais, si ma maison était grande, et connaître le modèle de ma voiture. Quand nous les avons quittés, Jamie a promis de revenir les voir bientôt, sans préciser si je l'accompagnerais.

– Comme ils sont gentils ! me suis-je exclamé alors que nous regagnions ma voiture. Je suis content que tu veuilles les aider, ai-je avancé d'un air emprunté.

Jamie m'a souri. Elle savait qu'il n'y avait pas grand-chose à ajouter, mais j'ai compris qu'elle continuait à chercher ce qu'elle pourrait organiser pour eux à Noël.

7.

Début décembre, alors que nous répétions depuis quinze jours, Jamie m'a demandé si ça ne m'ennuierait pas de la raccompagner chez elle. Il faisait nuit en effet quand nous terminions. Sa démarche pourtant m'a surpris : Beaufort n'a jamais rien eu d'un coupe-gorge, et à cette époque moins que jamais. Le seul meurtre dont j'ai entendu parler remontait à six ans : un homme avait été poignardé à la sortie de Maurice's Tavern, un bar fréquenté par des gars de la trempe de Lew. L'événement avait remué la ville pendant une heure ou deux. Les téléphones avaient sonné fiévreusement dans toute la ville, les femmes s'étaient affolées à l'idée qu'un fou puisse errer dans les rues à la recherche d'innocentes victimes, on avait verrouillé les portes, chargé les fusils et les hommes s'étaient postés derrière leurs fenêtres à l'affût de tout individu louche qui se serait approché. Mais l'affaire avait été résolue avant la nuit : l'assassin s'était livré à la police en expliquant qu'il ne s'agissait que d'une querelle d'ivrognes qui avait dégénéré. La victime aurait refusé de payer un pari perdu. Le coupable, accusé de meurtre sans préméditation, avait écopé de six ans de prison. Quant aux policiers de notre ville, qui font certainement le travail le plus mortellement ennuyeux qui soit, ils parlent encore de ce « meurtre odieux » comme s'il s'agissait de l'affaire Lindbergh.

Comme la maison de Jamie se trouvait sur mon chemin, je pouvais difficilement refuser sans risquer de la blesser. Quand vous passez plusieurs heures par jour avec quelqu'un et que cela doit encore durer une semaine au minimum, il vaut mieux ne pas risquer de gâcher vos relations. N'allez pas croire pour autant que je ne l'aimais pas, surtout.

La pièce devait être jouée le vendredi et le samedi suivants, et on en parlait déjà beaucoup. Nous avions tellement impressionné Mlle Garber, Jamie et moi, qu'elle ne cessait de répéter que nous donnerions la meilleure interprétation jamais vue. De son côté, elle faisait preuve d'un sens inné de la publicité : la radio locale lui avait accordé non pas une mais deux interviews.

– Ce sera merveilleux, absolument merveilleux, avait-elle assuré au micro.

Le journal avait lui aussi accepté de publier un article, motivé surtout par le lien familial qui unissait Hegbert et Jamie, quand bien même ce n'était plus un secret pour personne. N'économisant pas son acharnement, Mlle Garber avait aussi obtenu que le théâtre ajoute des sièges supplémentaires pour accueillir tous les nombreux spectateurs attendus. Les élèves ont poussé des « Oh ! » et des « Ah ! », comme s'il s'agissait d'une chose extraordinaire. À y bien réfléchir, c'est vrai qu'aux yeux de certains tout cela pouvait sembler formidable. Un type comme Eddie devait se dire que ce serait la seule occasion de sa vie où l'on s'intéresserait à lui. Le plus triste d'ailleurs, c'est qu'il n'avait sans doute pas tort.

Vous pourriez croire que tout cela m'enthousiasmait, moi aussi, mais pas du tout. Mes amis continuaient à me charrier et il y avait une éternité que je n'avais pas eu un après-midi de repos. Seule la conviction d'« accomplir mon devoir » me donnait la force de poursuivre. C'était peu, j'en conviens, mais franchement je n'avais rien trouvé d'autre. Il m'arrivait même d'être assez fier de moi, sans oser me l'avouer. J'imaginais que les anges dans le ciel me regardaient rêveusement, les larmes aux yeux, émerveillés par tous mes sacrifices.

— C'est vrai que vous allez avec tes amis au cimetière la nuit ? m'a demandé Jamie le premier soir que je la raccompagnais chez elle.

J'étais surpris. Peu de gens étaient au courant de cette histoire, et ce n'était pas le genre de choses qui l'intéressaient en temps normal.

— Ouais, ça nous arrive.

— Qu'est-ce que vous faites là-bas, à part manger des cacahuètes ?

– Je ne sais pas, moi... on raconte des blagues. C'est juste un endroit où on aime se retrouver.

– Ça ne vous effraie pas un peu ?

– Non. Pourquoi ? Tu aurais peur ?

– Je ne sais pas. Peut-être.

– Pourquoi ?

– Parce que je craindrais de faire quelque chose de mal.

– Mais on ne fait rien de mal. Enfin... on ne retourne pas les pierres tombales et on ne laisse aucun papier sale derrière nous.

Je préférais ne pas lui parler de nos conversations sur Henry Preston, elle n'apprécierait guère. La semaine précédente, Éric s'était demandé à quelle vitesse un manchot comme lui pouvait se... enfin... vous voyez...

– Ça vous arrive de ne pas faire de bruit et d'écouter le chant des criquets, ou le froissement des feuilles quand le vent souffle ? Ou de vous allonger sur le dos pour regarder les étoiles ?

Bien qu'elle ait seize ans, Jamie ne pigeait vraiment rien aux jeunes de son âge ; alors quand en plus il s'agissait de comprendre les garçons, cela revenait pour elle à déchiffrer la théorie de la relativité.

– Pas vraiment.

Elle a hoché lentement la tête.

– Je crois que c'est ce que je ferais. Je visiterais le cimetière de fond en comble ou je m'assiérais sans faire de bruit et j'écouterais.

Cette conversation m'a paru étrange et je n'ai pas insisté. Nous avons marché un moment sans rien dire. Puis comme elle venait de me poser des questions personnelles, je me suis senti obligé de l'interroger à mon tour. Pour une fois qu'elle ne parlait pas des desseins du Seigneur !

— Et toi, qu'est-ce que tu fais à part t'occuper des orphelins, sauver les animaux en détresse ou lire la Bible ?

Ma question pouvait paraître stupide, j'en conviens, mais quoi, c'était bien à ça qu'elle passait son temps ! Elle m'a souri. D'après moi elle ne s'attendait pas à cela, ni surtout au fait que je m'intéresse à elle.

— Un tas de choses. J'étudie, je m'occupe de mon père. De temps en temps nous jouons au gin-rami.

— Tu ne sors jamais avec des amies, histoire de t'amuser un peu ?

— Non.

Le ton de sa réponse montrait qu'elle était parfaitement consciente que personne ne recherchait sa compagnie.

— Tu dois être ravie à l'idée d'aller à l'Université l'année prochaine, ai-je enchaîné, pour changer de sujet.

Elle ne m'a pas répondu tout de suite.

— Je ne crois pas que j'irai, a-t-elle déclaré d'un ton détaché.

Alors là ! Jamie avait les meilleures notes de la classe, et si tout se passait bien au dernier semestre, elle pourrait même finir major de la promotion. Nous avions déjà parié sur le nombre de fois où elle placerait les intentions du Seigneur dans son discours. Vu qu'elle n'aurait que cinq minutes, j'avais misé sur quatorze.

– Et Mount Sermon ? Je croyais que tu voulais t'y inscrire ? Tu te serais beaucoup plu là-bas.

– Tu veux dire que je n'aurais pas détonné dans le décor ? a-t-elle rétorqué avec une petite lueur malicieuse dans le regard.

Décidément, cette fille ne cesserait jamais de me désarçonner.

– Ce n'est pas ce que je voulais dire, me suis-je empressé de protester. Je croyais que tu rêvais d'y aller l'an prochain.

Elle a haussé les épaules sans rien dire et je dois avouer que je n'ai pas su comment interpréter sa réaction. Nous étions arrivés devant chez elle, nous nous sommes arrêtés sur le trottoir. À travers les rideaux, je distinguais l'ombre d'Hegbert sur le canapé, près de la fenêtre du salon. Il avait la tête penchée comme s'il lisait. La Bible sans doute.

– Merci de m'avoir raccompagnée, Landon.

Et elle m'a dévisagé quelques instants avant de s'engager dans l'allée. En la regardant s'éloigner, je n'ai pu m'empêcher de penser que c'était la conversation la plus surprenante que nous ayons jamais eue. Malgré la singularité de certaines de ses réponses, j'avais eu l'impression de parler avec quelqu'un de normal.

Le lendemain soir, sur le chemin du retour, à nouveau, elle m'a interrogé sur mon père.

— C'est un type bien, je pense, mais il n'est pas souvent là.

— Il t'a manqué pendant ton enfance ?

— Parfois.

— Ma mère me manque, à moi aussi, et pourtant je ne l'ai pas connue.

C'était la première fois que je nous découvrais un point commun.

— Cela doit être dur pour toi, ai-je compati, très sincère. Je considère mon père comme un étranger, mais il est encore là.

Elle a levé la tête vers moi puis a regardé la route. Elle a tiré doucement une mèche de ses cheveux. Elle faisait ce geste chaque fois qu'elle était nerveuse ou qu'elle ne savait pas quoi dire.

— C'est dur, parfois, oui. Tu sais, j'aime mon père, de tout mon cœur. Malgré cela il m'arrive de me demander quelle vie nous aurions menée avec ma mère. Je suppose que nous aurions parlé de choses que je ne peux pas aborder avec lui.

J'ai cru qu'elle voulait parler des garçons. Je n'ai découvert que plus tard combien je me trompais.

— Comment est-il, à vivre ? Il est comme à l'église ?

— Non. En fait, il a beaucoup d'humour.

— Hegbert ? me suis-je exclamé, stupéfait.

Elle a dû être choquée de m'entendre appeler son

père par son prénom, mais elle a fait semblant de n'avoir rien remarqué.

– Ne prends pas cet air ébahi. Je suis sûre que tu l'apprécieras quand tu le connaîtras.

– Je doute d'en avoir l'occasion.

– Tu ne peux pas savoir ce que Dieu te réserve, Landon, a-t-elle répliqué d'un air entendu.

Je détestais quand elle faisait ce genre de réflexion. Comme si elle s'adressait à Dieu tous les jours et qu'on ne puisse savoir ce qu'Il lui avait dit. Avec sa bonté naturelle, elle était sûrement dans ses petits papiers.

– Comment ça ?

Elle a souri sans rien dire, de l'air de celle qui ne peut révéler un secret. J'enrageais quand elle me faisait ce coup-là.

Le jour suivant, nous avons parlé de sa bible.

– Pourquoi l'emportes-tu partout avec toi ?

J'expliquais alors cette manie par le métier de son père. Une hypothèse non dénuée de fondement vu l'intérêt qu'il portait aux Écritures. Mais Jamie trimbalait une bible vieille et usée ; or telle que je la connaissais, je la croyais plutôt du genre à en acheter une nouvelle tous les ans, ne serait-ce que pour stimuler les ventes ou montrer la constance de sa dévotion à Dieu.

Elle fit quelques pas avant de répondre.

– Elle appartenait à ma mère.

– Oh... ai-je bredouillé comme si je venais d'écraser sous mon pied son hamster préféré.

– Ce n'est pas grave, Landon. Tu ne pouvais pas deviner.

– Je suis désolé de t'avoir posé cette question...

– Voyons, tu ne l'as pas fait exprès. – Elle a réfléchi. – Mon père et ma mère ont reçu cette bible le jour de leur mariage et ma mère s'y est tout de suite attachée. Elle passait son temps à la lire, surtout quand elle traversait des périodes difficiles.

J'ai pensé aux fausses couches.

– Elle adorait la lire le soir avant de s'endormir. Et elle l'avait à l'hôpital à ma naissance. Quand elle est morte, mon père m'a ramenée à la maison avec la bible.

– Je suis désolé, ai-je insisté.

Chaque fois qu'on vous raconte quelque chose de triste, c'est tout ce qu'on trouve à dire.

– De cette façon je me sens plus... plus près d'elle, tu comprends ?

Son ton était dénué de tristesse, elle répondait simplement à ma question. Je me sentais de plus en plus gêné.

Maintenant qu'elle m'avait raconté cette histoire et que je m'imaginais son enfance avec Hegbert, je ne trouvais plus mes mots. Je cherchais quoi répondre malgré tout lorsqu'un coup de klaxon a retenti derrière nous. Nous nous sommes retournés d'un seul élan. La voiture s'est arrêtée à notre hauteur, Éric au volant et Margaret sur le siège passager.

– Regarde qui est là ! s'est exclamé Éric en se penchant au-dessus du volant pour que je voie son visage.

Je ne lui avais pas dit que je raccompagnais Jamie chez elle et, selon le fonctionnement bien particulier au cerveau adolescent, son intervention inopinée a suffi à chasser toute l'émotion suscitée en moi par le récit de Jamie.

– Bonjour, Éric. Bonjour, Margaret, a lancé joyeusement Jamie.

– Tu raccompagnes Jamie chez elle, Landon ? a demandé Éric avec un petit sourire diabolique.

– Salut, Éric.

J'aurais voulu disparaître sous terre.

– Quelle belle soirée pour se promener, n'est-ce pas ?

Comme Margaret se trouvait entre lui et Jamie, il se sentait plus d'audace que d'habitude en sa présence. Et il ne pouvait pas laisser passer une aussi belle occasion de me tourmenter.

– Oui, vraiment, a répondu Jamie en regardant autour d'elle avec un grand sourire.

Éric a balayé les alentours d'un regard inspiré auquel je ne crus pas une seconde, puis il a respiré profondément.

– Bon sang, c'est vraiment chouette par ici ! Je vous proposerais bien de vous reconduire, mais je ne voudrais pas vous gâcher le plaisir de cette promenade au clair de lune.

À l'entendre, on aurait cru qu'il nous faisait une faveur.

– Nous sommes presque arrivés, a constaté Jamie. J'allais proposer une coupe de cidre à Landon. Voulez-vous vous joindre à nous ? Il y en a largement pour tout le monde

Une coupe de cidre ? Chez elle ? Elle ne m'en avait pas parlé... J'ai enfoncé mes mains dans mes poches, il ne pouvait plus rien m'arriver de pire.

– Oh, non, c'est très gentil. Nous allions à Cecil's Diner.

– Un soir de classe ? s'est naïvement étonnée Jamie.

– Oh, nous ne rentrerons pas tard ; d'ailleurs il faut qu'on se dépêche. Bon cidre à tous les deux !

– Merci de vous être arrêtés, a lancé Jamie avec un geste d'adieu.

Éric a démarré lentement pour une fois ; Jamie a dû croire que c'était un conducteur prudent. Ce n'était pas le cas, mais il trouvait toujours de bonnes excuses chaque fois qu'il avait un accident. Je me souviens d'une fois où il avait raconté à sa mère que la calandre et le pare-chocs avaient été défoncés par une vache qui avait surgi devant sa voiture. « Ça s'est passé si vite, maman, que je n'ai rien pu faire pour l'éviter. » Personne n'aurait gobé un bobard pareil mais sa mère l'a cru. Tiens, au fait, elle avait été meneuse des pom-pom girls, elle aussi.

– Tu as des amis charmants, m'a confié Jamie une fois qu'ils eurent disparu.

– Sans doute.

Vous admirerez la prudence de ma réponse.

Après avoir déposé Jamie chez elle – non, je n'ai pas bu de cidre –, je suis rentré à la maison en pestant. J'avais complètement oublié l'histoire de Jamie, et j'entendais d'ici mes amis se moquer de moi. Voilà ce qui arrive quand on veut être gentil.

Le lendemain matin, tout le monde savait que je raccompagnais Jamie chez elle. Les spéculations sur l'état de nos relations sont reparties de plus belle. À tel point que, pendant la pause déjeuner, j'ai préféré me réfugier à la bibliothèque.

La répétition devait avoir lieu ce soir-là au Théâtre municipal. C'était la dernière avant le spectacle et nous avions beaucoup à faire. Pour commencer, il fallait charger les décors dans un camion de location qui les transporterait jusqu'à la salle de spectacle. Le problème c'est qu'Eddie et moi étions les deux seuls garçons du cours d'art dramatique – et qu'il n'était pas des plus adroits. Nous franchissions la porte avec un des panneaux les plus lourds lorsque, gêné par son corps disproportionné, Eddie a trébuché, faisant basculer le décor qui m'a écrasé les doigts contre l'encadrement de la porte.

– Je-je suis dé-désolé, a-t-il bredouillé. Tu-tu as mal ?

– Ne refais jamais ça ! l'ai-je menacé en étouffant mes jurons et mon envie de mordre.

Il était vraiment d'une maladresse incurable : le temps de charger le camion, et mes doigts n'avaient plus rien à envier à ceux de Toby, le vagabond du bricolage. Le pire, c'est que je n'ai même pas eu le temps de manger avant la répétition. Le déménagement nous avait pris trois heures et nous avions à peine installé le décor que tout le monde arrivait. Inutile de vous dire que j'étais d'une humeur massacrante.

J'ai débité machinalement mes répliques, ne fournissant pas une seule fois à Mlle Garber l'occasion de placer son exclamation favorite. Elle m'a considéré d'un air anxieux, tandis que Jamie lui assurait en souriant qu'il ne fallait pas qu'elle s'inquiète, que tout se passerait bien. Jamie ne cherchait évidemment qu'à arranger les choses, mais quand elle m'a demandé de la raccompagner chez elle j'ai refusé. Je ne voulais plus qu'on nous voie ensemble. Malheureusement, Mlle Garber avait entendu notre conversation et elle a déclaré d'un ton sans réplique que je serais ravi de le faire.

– Vous pourrez en profiter pour parler tous les deux de la pièce et pour réfléchir aux petits problèmes de la pièce.

En fait de petits problèmes, c'était surtout moi qu'elle visait. Je me suis donc retrouvé une fois de plus à reconduire Jamie. Tout le long du chemin j'ai marché à quelques pas devant elle, les mains au fond de mes poches, sans même me retourner pour voir si elle me suivait.

— Tu n'as pas l'air de bonne humeur, m'a-t-elle lancé au bout de quelques minutes.

— Quelle perspicacité ! ai-je rétorqué sans la regarder.

— Peut-être que je peux t'aider, a-t-elle insisté, presque gaiement.

Il n'en fallait pas plus pour m'exaspérer.

— J'en doute !

— Si tu me disais ce qui ne va pas...

— Écoute. Je l'ai coupée brutalement et me suis retourné vers elle. J'ai passé la journée à déménager des horreurs, je n'ai pas dîné et maintenant, je dois faire un détour de deux kilomètres pour être sûr que tu rentres chez toi sans encombre alors que nous savons tous les deux que c'est parfaitement inutile !

C'était la première fois que je m'énervais contre elle. Quel soulagement ! Je me retenais depuis trop longtemps. Comme la surprise la clouait sur place, j'en ai profité pour vider mon sac.

— Et tout ça pour ton père, alors qu'il ne peut pas me voir ! C'est débile et je regrette vraiment d'avoir accepté.

— C'est la pièce qui te rend nerveux.

Je ne l'ai pas laissée continuer. Une fois que je suis lancé, c'est difficile de m'arrêter. J'en avais plus qu'assez de son optimisme et de son entrain, et ce n'était pas le jour de me chercher des noises.

— Tu ne comprends donc pas ? me suis-je

exclamé hors de moi. La pièce n'y est pour rien, je voudrais simplement être ailleurs. Je n'ai aucune envie de te raccompagner chez toi. Je voudrais que mes amis arrêtent de se moquer de moi et j'en ai assez de perdre mon temps avec toi. Nous nous comportons comme si nous étions amis, mais c'est archifaux, nous ne sommes rien l'un pour l'autre. Vivement que toute cette affaire se termine et que je reprenne une vie normale !

Elle a paru peinée par cette explosion de colère. Il faut dire qu'il y avait de quoi.

— Je vois.

Elle n'a rien ajouté. Je m'attendais qu'elle hausse la voix à son tour, qu'elle se défende, mais rien. Elle a simplement fixé le sol. Elle devait avoir envie de pleurer sans doute, pourtant elle s'est retenue, et je suis finalement reparti à grands pas en la laissant plantée au milieu de la rue. Je l'ai sentie me suivre mais je n'ai plus entendu le son de sa voix jusqu'à ce qu'on arrive devant chez elle.

— Merci de m'avoir raccompagnée, Landon, m'a-t-elle lancé alors que je faisais déjà demi-tour.

J'ai sursauté. Alors que j'avais été ignoble avec elle, elle trouvait encore le moyen de me remercier. Je lui en ai voulu plus que jamais.

En fait, je crois que c'est plutôt moi que je détestais.

8.

Le soir de la première, il faisait un petit froid sec avec un ciel dégagé. Après mon explosion de la veille, je m'étais senti très mal à l'aise toute la journée. Jamie avait toujours été gentille avec moi et je m'étais conduit comme un goujat. Chaque fois que je la croisais dans les couloirs, je tentais de l'approcher, bien décidé à lui présenter mes excuses, mais elle disparaissait sans m'en laisser le temps.

Nous avions rendez-vous au théâtre une heure avant la représentation. Quand je suis arrivé, elle était dans les coulisses, en grande conversation avec Mlle Garber et Hegbert. Dans l'agitation générale, elle paraissait étrangement calme. Elle n'avait pas revêtu son costume, une longue robe blanche vaporeuse censée lui donner l'air d'un ange, et portait encore le sweater qu'elle avait au lycée. Bien qu'inquiet de la façon dont elle réagirait, je me suis dirigé vers le petit groupe.

– Salut, Jamie. Bonjour, révérend, bonjour, mademoiselle Garber.

– Bonjour, Landon, m'a répondu doucement Jamie.

Ma scène avait dû la faire réfléchir car, contrairement à son habitude, elle ne m'a pas souri. Je lui ai demandé si je pouvais lui parler seul à seule, et je l'ai entraînée à l'écart. Mlle Garber et Hegbert nous ont suivis des yeux.

J'ai regardé nerveusement autour de nous.

– Je suis désolé de ce que je t'ai dit hier soir. Je sais que j'ai dû te faire de la peine et je m'en veux beaucoup.

Elle m'a dévisagé comme si elle hésitait à me croire.

– Est-ce que tu pensais toutes ces méchancetés ?

– J'étais juste de mauvaise humeur, c'est tout. J'ai parfois les nerfs à vif.

Je n'avais pas vraiment répondu à sa question.

– Je vois, a-t-elle prononcé exactement sur le même ton que la veille avant de se tourner vers les rangées de fauteuils vides.

Elle avait repris son petit air triste.

– Écoute, ai-je continué en lui prenant la main, je te promets de me faire pardonner.

Ne me demandez pas pourquoi j'ai dit ça... ça m'est venu spontanément. Enfin, elle a souri.

– Merci.

– Jamie ?

Elle s'est retournée.

– Oui, Mademoiselle Garber ?

– Nous t'attendons.

– Je dois y aller, m'a annoncé Jamie.

– Oui, je sais. Bon... eh bien... merde !

On m'avait toujours dit que souhaiter bonne chance à un acteur avant une représentation lui portait malheur.

Puis je lui ai lâché la main.

Nous sommes partis nous préparer, elle dans la loge des filles, moi dans celle des garçons. Ces loges séparées, un luxe pour le théâtre municipal d'une petite ville comme Beaufort, nous donnaient l'impression d'être de véritables artistes.

Les costumes, fournis par le théâtre, avaient été retaillés à nos mesures. Je passais le mien lorsque Éric est entré sans prévenir. Eddie qui enfilait sa tenue de clochard muet l'a dévisagé d'un air affolé – mon ami avait la manie de lui remonter son pantalon entre les fesses au moins une fois par semaine –, et a détalé en sautant sur un pied, l'autre passé dans son costume. Éric s'est assis sur la table de maquillage devant le miroir sans même lui accorder un regard.

– Alors, a-t-il demandé avec un petit sourire espiègle, qu'est-ce que tu nous réserves ?

– Que veux-tu dire ?

Je ne voyais pas où il voulait en venir.

– Pour la pièce, idiot. Tu vas mélanger tes répliques ou quoi ?

J'ai secoué la tête.

– Renverser les décors ?

Tout le monde savait dans quel état ils se trouvaient.

– Non plus, répondis-je, stoïque.

– Tu veux dire que tu joueras normalement ?

J'ai hoché la tête. L'idée de faire autrement ne m'avait même pas effleuré. Il m'a longuement dévisagé, comme s'il me découvrait.

– Je crois que tu deviens adulte, Landon.

Venant de lui, je n'étais pas sûr que ce soit un compliment. Quoi qu'il en soit, il avait raison.

Dans la pièce, Tom Thornton est ébloui par la première apparition de la mystérieuse dame. C'est pour cela qu'il l'accompagne quand elle va partager Noël avec les plus démunis. « Que vous êtes belle ! » s'exclame-t-il dès qu'il la voit. Je devais vraiment donner l'impression que ces mots me venaient du cœur. Ce passage essentiel donnait le ton à la suite. Malheureusement, je n'avais toujours pas trouvé le bon registre. Je connaissais mon texte, mais quand je regardais Jamie, je ne lui trouvais rien d'extraordinaire et je manquais de conviction. C'était la seule scène que Mlle Garber n'avait jamais ponctuée d'un « merveilleux ! ». J'avais essayé d'imaginer une autre fille dans le rôle de l'ange, seulement je devais déjà me concentrer sur tant d'autres détails que je m'y perdais un peu.

Jamie se trouvait encore dans sa loge quand le rideau s'est levé. Elle ne jouait pas dans les premières scènes qui traitaient surtout de Tom Thornton et de ses relations avec sa fille.

Je n'avais pas imaginé une seconde que j'aurais le trac, surtout après tant de répétitions. Mais découvrir la salle archicomble m'a complètement tétanisé. Comme l'avait prévu Mlle Garber, on avait rajouté deux rangées de chaises dans le fond. Cinquante personnes supplémentaires s'ajoutaient aux quatre cents spectateurs que le théâtre accueillait habituellement. Il y avait également, serrés comme des sardines, des gens debout contre les murs.

Dès que je suis monté sur scène, tout le monde s'est tu. Le public me paraissait surtout composé de vieilles dames à la chevelure bleutée, du style de celles qui jouent au bingo ou qui boivent des bloody mary au brunch dominical. Puis j'ai aperçu Éric et tous mes amis au dernier rang. Je ne sais pas si vous imaginez ma panique, subitement, tandis que tout le monde attendait que je commence.

Essayant de chasser la petite bande de mon esprit, j'ai attaqué les premiers dialogues. C'était Sally, la beauté borgne, qui interprétait le rôle de ma fille, vu sa petite taille. Tout s'est déroulé comme à la répétition, sans que personne se trompe dans ses répliques. De là à dire que nous étions extraordinaires.... Lorsque le rideau est tombé pour clore le premier acte, nous avons rapidement installé les nouveaux décors. Cette fois, tout le monde a mis la main à la pâte ; pour ma part, je suis resté hors de portée d'Eddie et je m'en suis sorti indemne.

Je n'avais toujours pas vu Jamie – elle devait être dispensée de corvée de décor, son costume était d'un tissu si fragile que les clous risquaient de le déchirer –, mais je n'avais guère le temps de penser à elle. Je me souviens seulement que le rideau s'est levé à nouveau, me plongeant dans l'univers d'Hegbert Sullivan, debout devant une vitrine, à chercher la boîte à musique que ma fille voulait pour Noël. Je tournais le dos au public, mais j'ai senti les spectateurs retenir leur souffle quand Jamie a fait son apparition. Un silence religieux a enveloppé la salle, pourtant déjà très attentive. Au même moment, j'ai aperçu Hegbert dans les coulisses, sa mâchoire tremblait. Rassemblant tout mon courage, j'ai fait face au public et j'ai compris la stupeur générale.

Pour la première fois depuis que je la connaissais, les cheveux blond vénitien de Jamie étaient dénoués ; je n'avais jamais soupçonné qu'ils lui arrivaient au milieu du dos. Constellés de paillettes qui scintillaient sous les projecteurs, ils encadraient son visage d'un halo diaphane. Avec sa robe blanche vaporeuse parfaitement ajustée à sa taille, elle était stupéfiante. Elle n'avait plus rien de la fille avec laquelle j'avais grandi. Maquillée juste ce qu'il fallait pour souligner la douceur de ses traits, elle souriait légèrement comme si son cœur abritait un doux secret, ainsi que son rôle le demandait. On aurait dit un ange.

Je me souviens de l'avoir regardée, bouche bée,

un long moment, avant de me rappeler soudain que je devais dire une réplique.

— Que vous êtes belle ! me suis-je exclamé dans un souffle et je crois que tous les spectateurs, des vieilles dames aux cheveux bleus à mes amis du dernier rang, ont senti que je le pensais vraiment.

J'avais enfin trouvé le ton juste.

9.

Le moins que l'on puisse dire, c'est que la pièce fut un succès. Le public, transporté, passait du rire aux larmes. C'était la réaction que nous voulions provoquer, mais je crois que les autres acteurs ont été aussi surpris que moi de cette réussite. La présence de Jamie y avait beaucoup contribué ; tous l'avaient regardée avec la même émotion que moi et leurs rôles en avaient pris plus d'étoffe, et la pièce plus de profondeur. La première représentation s'était terminée en beauté et le lendemain soir, vous ne me croirez pas, il y avait encore plus de monde. Dans l'après-midi Éric est venu me féliciter, ce qui m'a littéralement sidéré vu ce qu'il m'avait dit juste avant.

– Vous avez été excellents tous les deux. Je suis fier de toi, mon pote.

Pendant ce temps, Mlle Garber lançait des « Merveilleux ! » à qui voulait l'entendre, même aux passants, si bien que cette exclamation résonnait encore à mes oreilles quand je me suis couché. Alors que je cherchais Jamie des yeux après le dernier baisser de rideau, elle a couru vers son père en coulisses. C'était la première fois que je le voyais pleurer. Jamie s'était jetée dans ses bras et ils s'étaient étreints un long moment.

– Mon ange, lui avait-il murmuré en lui caressant les cheveux tandis qu'elle fermait les yeux.

J'avais senti moi aussi l'émotion me serrer la gorge. Faire son devoir n'était pas si pénible, finalement.

Puis Hegbert l'avait fièrement conduite vers le reste de la troupe et tout le monde l'avait chaudement félicitée. Elle prétendait qu'il n'y avait pas de quoi faire tant d'histoires, mais elle savait qu'elle avait bien joué. Elle avait son entrain habituel mais elle était si jolie que nous le ressentions différemment. Restant en retrait, je l'ai laissée goûter cet instant, et j'avoue que je me suis senti un peu comme le vieil Hegbert. À la fois heureux et fier. Quand elle m'a aperçu, elle s'est excusée auprès des autres et m'a rejoint.

– Merci pour tout, Landon. Tu as vraiment fait un immense plaisir à mon père.

– J'en suis très content.

Je le pensais sincèrement. Mais le plus étrange, c'est que lorsqu'elle m'a dit ça, j'ai pensé que Hegbert la ramènerait chez elle – et cette fois j'aurais bien aimé la raccompagner.

Il ne restait qu'une semaine avant les vacances de Noël. Des contrôles nous attendaient dans toutes les matières. En outre, je devais finir de remplir mon dossier de candidature à l'université de Caroline du Nord, laissé en attente en raison des répétitions. J'avais décidé de bûcher sérieusement et de le terminer le dimanche soir avant de me coucher. Mais je ne pouvais m'empêcher de penser à Jamie.

Sa transformation avait été stupéfiante. Je ne sais pas pourquoi, mais j'étais convaincu que cela correspondait à un réel changement en elle. Quelle n'a pas été ma surprise alors, le lundi matin, en la voyant arriver avec son éternel pull marron, sa jupe plissée et son chignon.

Dès que je l'ai vue, ce fut plus fort que moi, j'ai éprouvé de la peine pour elle. Elle avait été fêtée comme une fille exceptionnelle, et voilà qu'elle reprenait déjà ses vieilles habitudes. Ceux qui pour l'occasion avaient été plus gentils avec elle, ceux qui l'avaient chaleureusement félicitée sans lui avoir adressé la parole jusque-là, feraient de même, c'était certain. Les comportements adoptés depuis l'enfance sont difficiles à briser, et je me demandais même si la cruauté des élèves à son égard ne serait pas plus grande après ce qu'ils avaient vu d'elle.

Je désirais vraiment lui en parler, mais cela devrait attendre la semaine suivante. D'une part j'étais surchargé de travail, et d'autre part je voulais mûrement réfléchir à la meilleure façon d'aborder le sujet. En toute sincérité, je m'en voulais encore des propos rancuniers que je lui avais tenus. Et pas seulement parce que la pièce avait remporté un tel succès. Jamie n'avait jamais eu que de généreuses attentions envers moi et j'avais mauvaise conscience.

Je supposais aussi qu'elle n'avait pas très envie de me parler. Elle m'avait certainement vu déjeuner avec mes amis, mais elle a continué à lire sa bible, dans son coin. À la sortie des cours cependant, elle m'a demandé si je voulais bien la raccompagner. Je n'étais pas encore prêt à lui faire part de mes préoccupations, néanmoins j'ai accepté. En souvenir du bon vieux temps, si l'on peut dire. Une minute plus tard, Jamie plongea dans le vif du sujet.

– Tu te souviens de ce que tu m'as dit l'autre jour ?

J'ai acquiescé, bien ennuyé qu'elle aborde ce sujet.

– Tu m'avais promis de te faire pardonner.

Pendant un moment, je l'ai regardée sans comprendre. Je croyais m'être largement acquitté de ma dette par la façon dont j'avais joué la pièce.

– Eh bien, a-t-elle continué sans me laisser placer un mot, j'ai réfléchi et il m'est venu une idée.

Elle m'a demandé si je voulais bien l'aider à récupérer les tirelires qu'elle avait déposées chez les commerçants de la ville au début de l'année. C'étaient des boîtes de récupération, qu'elle posait sur les comptoirs près des caisses dans l'espoir que les clients y jettent leur menue monnaie. L'argent était destiné aux orphelins. Jamie refusait de solliciter directement les gens, elle voulait qu'ils donnent de leur plein gré. C'était à son avis la seule façon chrétienne de procéder.

Je me rappelais avoir vu ces boîtes au Cecil's Diner ou au cinéma Crown. Avec mes amis, nous y jetions des trombones ou des jetons qui sonnaient comme de véritables pièces dès que la caissière avait le dos tourné, et nous gloussions en pensant à la tête que ferait Jamie, se fiant au poids, en découvrant leur contenu. Malgré moi, j'ai tiqué à ce souvenir.

Jamie s'est méprise sur ma grimace.

— Tu n'es pas obligé, m'a-t-elle concédé, visiblement déçue. Je pensais seulement qu'il me restait peu de temps d'ici à Noël. Comme je n'ai pas de voiture, il me sera impossible de toutes les ramasser à temps...

— Non. Tu peux compter sur moi. Ça ne me prendra pas longtemps de toute façon.

Malgré mes contrôles à réviser, malgré ma candidature toujours en attente, je m'y suis mis dès le mercredi suivant. Jamie m'avait donné la liste de tous les endroits où elle avait déposé ses tirelires ; il y en avait une soixantaine au total et je prévoyais qu'une journée suffirait. J'ai emprunté la voiture de ma mère et j'ai attaqué par l'autre bout de la ville. C'était du gâteau comparé aux six semaines qu'il lui avait fallu pour les déposer : trouver les soixante boîtes de conserve adéquates puis, comme elle se déplaçait à pied, aller les placer trois par trois. J'ai d'abord regretté que ce soit moi qui les ramasse alors qu'il s'agissait de son projet, mais je me suis consolé à l'idée que cela l'aidait.

Au bout d'une journée à courir d'un commerçant à l'autre, je n'avais récupéré qu'une vingtaine de boîtes. Force m'a alors été de constater qu'il me faudrait plus longtemps que je ne le pensais : j'avais tout simplement négligé le fait que, dans une petite ville comme Beaufort, il était impossible de rentrer dans un magasin, d'y prendre la tirelire et de ressortir sans bavarder avec le propriétaire ou quelqu'un de sa connaissance. Ça ne se faisait pas. C'est ainsi que j'ai dû attendre qu'un type ait fini de raconter comment il avait pêché un marlin à l'automne, puis parler à mon tour de ma vie de lycéen, aider ensuite à décharger quelques caisses dans l'arrière-boutique, ou encore donner mon avis sur l'emplacement du présentoir à journaux : ne serait-il pas mieux de l'autre côté du magasin ? Jamie, je le savais, aurait excellé dans ce rôle, et j'essayais de me montrer à la hauteur. C'était son projet, après tout.

Pour gagner du temps, je me contentais d'ajouter l'un à l'autre le contenu des boîtes que je ramassais, sans vérifier le montant de chacune. À la fin de la première journée, j'ai monté deux tirelires pleines dans ma chambre. J'avais déjà remarqué la faible quantité de billets, mais une fois l'argent vidé sur mon lit j'ai commencé à m'inquiéter : les gens avaient donné essentiellement des pièces de un *cent*.

Bien que les trombones et les jetons soient moins nombreux que je ne le craignais, j'ai senti mon cœur se serrer : le total se montait en tout et pour tout à vingt dollars et trente-deux *cents*. Même en 1958, cela représentait très peu. Et il fallait diviser cette somme entre trente enfants.

Je ne me suis pas découragé pour autant. Espérant qu'il s'agissait d'une erreur, je suis reparti le lendemain relever deux nouvelles douzaines de boîtes – et discuter avec une bonne vingtaine de commerçants. Recette : vingt-trois dollars quatre-vingt-neuf *cents*.

Le troisième jour fut plus décevant encore. J'ai même recompté l'argent, tant j'avais de mal à y croire : il n'y avait que onze dollars et cinquante-deux *cents* et ils provenaient des magasins situés sur le front de mer, fréquentés surtout par des touristes ou des jeunes comme moi. Je n'ai pas pu m'empêcher de penser que nous étions vraiment des moins que rien.

Une terrible honte s'est emparée de moi : le total collecté se montait à peine à cinquante-cinq dollars et soixante-treize *cents*. Et dire que ces boîtes étaient restées en évidence pendant presque un an ! Moi-même je les avais vues un nombre incalculable de fois. Je n'ai pu me résoudre à téléphoner à Jamie la recette le soir même. J'ai préféré lui mentir en disant que je voulais l'attendre pour faire les comptes puisqu'il s'agissait d'une idée à elle j'étais trop déprimé. J'ai promis de lui apporter l'argent le lendemain après-midi après les cours. C'était le 21 décembre, le jour le plus court de l'année. Il ne restait plus que quatre jours avant Noël.

– Landon ! C'est un miracle !

Elle n'en revenait pas.

– Combien y a-t-il ? ai-je demandé alors que je connaissais la somme au *cent* près.

– Nous avons pratiquement deux cent cinquante dollars devant nous !

Elle a levé un regard émerveillé vers moi. Comme Hegbert était là, j'avais été autorisé à entrer au salon. Jamie avait fait de jolies petites piles de monnaie par terre, constituées surtout de pièces de dix et vingt-cinq *cents*. Hegbert qui écrivait son sermon sur la table de la cuisine a tourné la tête en entendant son exclamation de joie.

– Tu penses que ça suffira ? ai-je questionné d'une voix innocente.

De petites larmes ont roulé sur ses joues tandis qu'elle regardait l'argent sans y croire. Jamais je ne l'avais vue aussi heureuse. Elle l'était plus encore qu'après la représentation.

– C'est... merveilleux ! m'a-t-elle répondu en me regardant droit dans les yeux, la voix vibrante d'émotion. L'année dernière, je n'ai ramassé que soixante-dix dollars.

– Je suis ravi. L'émotion me nouait la gorge. C'est sans doute parce que tu as mis les boîtes très tôt cette année.

136

Je mentais, mais quelle importance ; c'était pour une bonne cause.

Je n'ai pas aidé Jamie à choisir les jouets ; j'ai pensé qu'elle saurait mieux que moi ce qui plairait aux enfants. En revanche elle a absolument voulu que je l'accompagne à l'orphelinat la veille de Noël afin que je voie les petits ouvrir leurs paquets.

— S'il te plaît, Landon, avait-elle insisté.

De la voir si folle de joie à cette perspective, je n'avais pas eu le cœur de refuser.

C'est ainsi que trois jours plus tard, alors que mes parents se rendaient à une soirée chez le maire, j'ai revêtu ma veste pied-de-poule et ma plus belle cravate, et je suis parti dans la voiture de ma mère, le cadeau de Jamie sous le bras. Faute d'une meilleure idée, j'avais dépensé mes derniers dollars dans un joli pull. Ce n'était pas facile de deviner ce qui lui conviendrait.

Je devais la retrouver à l'orphelinat à sept heures. Malheureusement le pont menant au port de More-head City avait été relevé pour laisser passer un cargo et j'ai dû patienter. Quand je suis arrivé, la porte d'entrée était déjà fermée. J'ai cogné au battant un bon moment avant que M. Jenkins m'entende, et j'ai dû attendre encore qu'il trouve la bonne clé. Dehors le froid était vif et je suis rentré en me frottant les bras pour me réchauffer.

— Enfin... te voilà ! Nous t'attendions. Viens vite rejoindre tout le monde.

Il m'a conduit à la salle de jeux. Je me suis arrêté

brièvement le temps que les battements de mon cœur se calment, puis j'ai pénétré dans la pièce. C'était bien mieux que je ne l'avais imaginé.

Au centre j'ai aperçu un immense sapin orné de guirlandes, de lumières de toutes les couleurs, d'une multitude de petites décorations faites à la main, et entouré d'un amoncellement de cadeaux de toutes tailles et de toutes formes. Assis en demi-cercle au pied de l'arbre, les enfants étaient vêtus de ce qui devaient être leurs habits du dimanche, pantalon bleu marine et chemise blanche pour les garçons, jupe également bleu marine et chemisiers à manches longues pour les filles. Ils avaient tous l'air propres comme des sous neufs et la majeure partie des garçons avait les cheveux coupés depuis peu.

Sur la table, près de la porte, trônait une grande coupe de jus de fruits entourée d'assiettes remplies de gâteaux secs en forme de sapin et parsemés de sucre vert. Quelques adultes étaient assis parmi les enfants ; les plus petits s'étaient installés sur leurs genoux et, le visage béat, écoutaient la belle histoire de la nuit de Noël.

J'ai entendu la voix de Jamie, c'était elle qui lisait. Puis je l'ai vue, assise devant l'arbre, les jambes repliées sous elle.

À ma grande surprise, elle portait les cheveux dénoués, comme le soir de la représentation. Un pull rouge en V qui mettait en valeur le bleu de ses yeux remplaçait le vieux cardigan marron que je lui avais tant vu. Même sans paillettes dans les cheveux ni longue robe vaporeuse, elle était belle à couper le souffle. Sans même m'en rendre compte, j'ai retenu ma respiration ; du coin de l'œil, j'ai vu M. Jenkins me sourire. Je lui ai souri à mon tour en essayant de reprendre mes esprits.

Jamie n'a quitté son livre des yeux qu'une seule fois, le temps de me lancer un bref regard. À la fin de l'histoire, elle s'est levée, a lissé sa jupe, puis s'est frayé un passage jusqu'à moi. M. Jenkins s'était éclipsé.

– Je suis désolée d'avoir commencé sans toi, s'est-elle excusée en me rejoignant, mais les enfants étaient trop excités.

– Ce n'est pas grave.

Je lui ai souri, elle était décidément très jolie.

– Je suis tellement contente que tu aies pu venir.

– Moi aussi.

– Viens m'aider à distribuer les cadeaux.

Elle m'a entraîné en me prenant doucement par la main. Une bonne heure s'est ensuite écoulée à regarder les enfants ouvrir leurs paquets un à un. Jamie avait cherché dans toute la ville des petits cadeaux personnels comme ils n'en avaient jamais reçu auparavant. Mais elle n'avait pas été la seule à penser à eux, l'orphelinat et les gens qui y travaillaient les avaient gâtés, eux aussi. De tous côtés, au milieu des froissements frénétiques de papier, retentissaient les cris de joie. Je crois vraiment que les petits ne s'attendaient pas à recevoir tant de présents. Ils ne cessaient de remercier Jamie.

Une fois tous les paquets ouverts, l'excitation est retombée. M. Jenkins et une dame que je ne connaissais pas ont rangé la pièce tandis que les plus jeunes s'endormaient au pied de l'arbre. Les grands, qui avaient déjà regagné leurs chambres en emportant leurs nouveaux jouets, avaient éteint les lampes en partant. Les lumières du sapin diffusaient une lueur éthérée, dans un coin un phonographe jouait *Douce Nuit*. J'étais toujours assis par terre, près de Jamie qui serrait contre elle une petite fille endormie. Dans toute cette agitation, nous n'avions pas encore eu l'occasion de nous parler, mais aucun de nous n'avait songé à s'en plaindre. Nous contemplions tous deux les illuminations du sapin et je me demandais à quoi Jamie pouvait penser. Je lui trouvais un petit air fragile. Je pensais – non, je savais – qu'elle était heureuse de cette soirée et, très sincèrement, moi aussi. C'était le meilleur Noël que j'aie jamais passé.

Je l'ai regardée. Dans la lumière douce, je la trouvais vraiment ravissante.

– Je t'ai acheté quelque chose. Un petit cadeau.

Je parlais à voix basse de peur de réveiller la fillette, espérant par la même occasion masquer la nervosité de ma voix.

– Il ne fallait pas, a chuchoté Jamie en se tournant vers moi.

On aurait dit qu'elle chantait.

– Je sais, mais ça me faisait plaisir.

Je lui ai tendu le paquet que j'avais gardé près de moi.

– Tu peux me l'ouvrir ? a-t-elle demandé en me montrant du regard l'enfant endormie dans ses bras.

– Tu n'es pas forcée de le déballer tout de suite, tu sais. Ce n'est rien du tout.

– Ne sois pas bête. Je veux l'ouvrir maintenant, devant toi.

J'ai commencé à défaire le paquet en décollant délicatement le papier pour ne pas faire trop de bruit. Puis j'ai sorti la boîte du papier, soulevé le couvercle et enfin déplié le pull devant elle. Il était marron, comme ceux qu'elle portait d'habitude, mais j'avais pensé qu'un neuf serait bienvenu.

Après toutes les démonstrations de joie auxquelles j'avais déjà assisté, je ne m'attendais pas à une réaction enthousiaste.

– Voilà. C'est trois fois rien.

– C'est magnifique, Landon ! Elle paraissait sincère. Je le porterai la prochaine fois qu'on se verra. Merci !

Nous sommes restés assis un moment sans rien dire, regardant rêveusement les lumières.

– Je t'ai apporté quelque chose, moi aussi, m'a-t-elle chuchoté.

Elle m'a indiqué l'arbre des yeux. Son cadeau se trouvait au pied du sapin, à moitié caché par le support. Je me suis penché pour le prendre. Il était rectangulaire, souple et relativement lourd. Je l'ai posé sur mes genoux.

– Ouvre-le, m'a-t-elle intimé en me regardant dans les yeux.

– Tu ne peux pas m'offrir ça, ai-je balbutié, le souffle coupé.

J'avais deviné de quoi il s'agissait, je ne pouvais y croire. Mes mains tremblaient.

– Je t'en prie, a-t-elle insisté de la voix la plus douce que j'aie jamais entendue. Ouvre. Je tiens à ce que tu l'aies.

À contrecœur, j'ai lentement défait le paquet. J'ai pris son cadeau entre mes mains, délicatement, de peur de l'abîmer. Je l'ai regardé, fasciné, en passant doucement la main sur la couverture usée tandis que mes yeux se remplissaient de larmes. Jamie a posé sa main sur la mienne. Elle était douce et chaude. J'ai levé les yeux vers elle sans savoir quoi dire. Elle m'avait donné sa bible.

– Merci pour tout ce que tu as fait, a-t-elle murmuré. C'est le plus beau Noël de ma vie.

J'ai détourné les yeux sans répondre en prenant le verre de punch que j'avais posé près de moi. Les accents de *Douce Nuit* emplissaient la pièce. J'ai bu une grande gorgée, espérant désaltérer ma gorge brusquement asséchée. Tous les moments passés en compagnie de Jamie ont défilé devant moi, le bal du lycée, la pièce de théâtre et son apparition angélique ; je me suis remémoré toutes les fois où je l'avais raccompagnée chez elle, et la collecte des boîtes remplies de menue monnaie. Puis ma respiration s'est brusquement ralentie. Tour à tour j'ai contemplé Jamie, le plafond, la pièce, en faisant un gros effort pour rester maître de moi. Je suis revenu à Jamie qui m'a souri et je lui ai souri à mon tour en me demandant comment j'avais pu tomber amoureux d'une fille comme elle.

10.

Quand je l'ai raccompagnée chez elle, je n'ai pas osé lui passer le bras autour des épaules car, en toute honnêteté, je ne savais pas quels étaient ses sentiments pour moi. D'accord, elle m'avait offert le plus merveilleux présent qu'on m'ait jamais fait. Et bien qu'il y ait peu de chances que je lise sa bible autant qu'elle, ou même que je l'ouvre, j'avais conscience qu'elle m'avait fait cadeau d'une partie d'elle-même. Cependant, comme elle était capable de donner un rein à un étranger rencontré dans la rue, je ne savais pas exactement comment interpréter son geste.

Jamie m'avait dit un jour qu'elle n'était pas idiote, j'en étais convaincu désormais. Elle était peut-être..., comment dire..., différente, mais elle avait deviné mon geste pour les orphelins. À bien y réfléchir, elle l'avait même compris dès qu'elle avait compté les pièces dans son salon. En s'exclamant que c'était un miracle, je crois qu'elle voulait parler de moi.

Hegbert, je m'en souviens, était entré dans la pièce à ce moment-là et n'avait rien dit. Le vieux pasteur n'était plus lui-même ces derniers temps. Oh, il continuait à parler d'argent, il poursuivait ses allusions à la fornication, mais ses sermons se raccourcissaient toujours plus et il lui arrivait parfois de s'arrêter en pleine tirade, une étrange expression sur le visage, comme si son esprit partait ailleurs, entraîné dans des pensées d'une tristesse infinie. Je ne savais pas quoi en déduire, d'autant que je le connaissais bien peu. Quand Jamie parlait de lui, on aurait dit qu'il s'agissait de quelqu'un d'autre. J'avais autant de mal à imaginer Hegbert faisant de l'humour qu'à me figurer deux lunes dans le ciel.

Bref, il était entré au salon alors que nous comptions l'argent. Jamie était allée vers lui les larmes aux yeux, et Hegbert, ignorant complètement ma présence, avait déclaré qu'il était fier d'elle et qu'il l'aimait. Puis il avait rejoint la cuisine en traînant les pieds, sans me dire bonjour. Bon, je sais que je ne me faisais jamais particulièrement remarquer par ma piété, mais tout de même, son comportement m'avait surpris.

Tout en pensant à Hegbert, j'observais Jamie, assise à côté de moi. Elle regardait par la fenêtre en souriant légèrement, d'un air à la fois serein et distant. Je me suis détendu. Peut-être pensait-elle à moi. Ma main a glissé lentement sur la banquette dans sa direction. Au moment où j'allais la toucher, elle s'est brusquement tournée vers moi.

– Landon, t'arrive-t-il de penser à Dieu ?

J'ai retiré ma main.

Je me suis toujours représenté Dieu tel qu'on le voit sur les vieilles peintures dans les églises, en géant vêtu d'une robe blanche et dominant le monde, ses longs cheveux dans le vent, le doigt pointé en avant. Mais la question n'était pas là. Je savais qu'elle voulait parler des desseins du Seigneur. J'ai pris un moment pour répondre.

– Oui, bien sûr. Parfois.

– T'es-tu jamais demandé pourquoi certaines choses nous arrivaient ?

J'ai hoché la tête d'un air perplexe.

– J'y pense beaucoup ces derniers temps, a-t-elle continué.

Plus que d'habitude ? aurais-je voulu savoir. Mais je devinais qu'elle n'avait pas terminé et je n'ai rien ajouté.

– Je sais que le Seigneur a des plans pour chacun d'entre nous, mais parfois, je ne vois vraiment pas quel peut être son message. Tu as déjà eu cette impression ?

À l'entendre, on aurait cru que c'était un sujet qui me préoccupait particulièrement. J'ai tenté de donner le change de mon mieux.

– Eh bien, je ne crois pas qu'on soit censé tout comprendre. Je crois que, parfois, il faut juste avoir la foi.

C'était pas mal comme réponse, je l'avoue. Mes

147

sentiments pour Jamie devaient me stimuler le cerveau. Elle a réfléchi à mes paroles.

– Oui, tu as raison, a-t-elle fini par acquiescer.

Je me sentais assez fier de moi, mais c'était le moment de changer de sujet. Parler de Dieu n'avait rien de bien romantique.

– Comme nous étions bien tout à l'heure, assis devant l'arbre !

– Oui, a-t-elle répondu, l'esprit toujours ailleurs.

– Je t'ai trouvée vraiment très jolie.

– Merci.

Ça ne se présentait pas très bien.

– Puis-je te poser une question ? ai-je tenté, espérant réussir à ce qu'elle s'intéresse à moi.

– Bien sûr.

J'ai pris une profonde inspiration.

– Après l'église, demain et... après avoir passé un moment avec ton père... eh bien... – Je me suis arrêté pour la regarder. – Voudrais-tu venir chez moi pour le dîner de Noël ?

Bien qu'elle soit tournée vers la vitre, je l'ai vue sourire.

– Oui, Landon, avec grand plaisir.

J'ai poussé un soupir de soulagement, stupéfait d'avoir osé l'inviter. Nous avons traversé des rues illuminées, puis la place de l'Hôtel-de-Ville de Beaufort. Deux minutes plus tard, je lui ai enfin pris la main. Et comme c'était vraiment une merveilleuse soirée, elle ne l'a pas retirée.

La lumière éclairait encore le salon lorsque nous sommes arrivés devant chez elle et Hegbert attendait derrière les rideaux. Je suppose qu'il était impatient de savoir comment s'était passée la soirée à l'orphelinat. À moins qu'il n'ait voulu s'assurer que je n'embrassais pas sa fille sur le seuil de la porte. Nul besoin d'être devin pour savoir que cela lui aurait déplu.

J'imaginais la façon dont nous nous dirions au revoir. Je sentais Jamie à la fois calme et heureuse, contente sans doute de mon invitation pour le lendemain. Puisqu'elle avait eu la finesse de deviner ce que j'avais fait pour les orphelins, la signification de mon geste ne devait pas lui échapper. Pour la première fois, c'était moi qui souhaitais sa compagnie.

Au moment précis où nous montions les marches, Hegbert s'est éloigné des rideaux. Chez certains parents, comme ceux d'Angela par exemple, cela signifiait qu'ils savaient que vous étiez de retour et il vous restait une ou deux minutes avant que la porte ne s'ouvre. Le temps de vous regarder en battant des paupières, juste de quoi trouver le courage de vous embrasser.

Je ne savais pas si Jamie me permettrait de l'embrasser ; j'en doutais fort, même. Elle était si jolie avec ses cheveux défaits, et les événements de la soirée m'avaient tellement bouleversé que je ne voulais pas laisser passer une si belle occasion. Mon cœur s'emballait déjà, quand Hegbert a ouvert la porte.

– Je vous ai entendus arriver, prononça-t-il doucement.

Je lui ai trouvé le teint cireux, et les traits fatigués.

– Bonsoir, révérend, ai-je répondu, dépité par son intrusion.

– Bonsoir, papa, a lancé joyeusement Jamie. Quel dommage que tu ne sois pas venu ce soir ! C'était merveilleux !

– Je suis vraiment content pour toi. Il parut se ressaisir et s'éclaircit la voix. Mais prenez le temps de vous dire au revoir. Je te laisse la porte ouverte.

Il a regagné le salon. De là où il s'est assis, il pouvait toujours nous apercevoir. Il faisait semblant de lire, mais je ne distinguais pas ce qu'il tenait entre ses mains.

– J'ai passé une merveilleuse soirée, Landon.

– Moi aussi.

En sentant les yeux d'Hegbert posés sur moi, je me suis demandé s'il avait deviné que j'avais tenu la main de sa fille dans la voiture.

– À quelle heure dois-je venir demain ?

Hegbert a haussé les sourcils.

– Je viendrai te chercher. Vers cinq heures, ça t'ira ?

Jamie s'est retournée vers son père.

– Papa, ça ne t'ennuie pas si je dîne chez Landon et ses parents demain soir ?

Hegbert s'est frotté les yeux en soupirant.

– Si tu y tiens vraiment...

La réponse manquait quelque peu d'enthousiasme mais je m'en suis contenté.

– Que dois-je apporter ? reprit Jamie.

Il était de tradition dans le Sud de poser cette question.

– Rien du tout. Je passerai te prendre à cinq heures moins le quart.

Nous sommes restés quelques secondes sans rien dire ; Hegbert devait commencer à s'impatienter, il n'avait pas tourné une seule page de son livre.

– Alors à demain, conclut enfin Jamie.

– À demain.

Elle a contemplé ses pieds avant de relever la tête vers moi.

– Merci de m'avoir raccompagnée.

Puis elle a tourné les talons et est entrée dans la maison. Au moment où la porte se refermait, elle m'a adressé un petit sourire que j'ai bien failli ne pas voir.

Le lendemain, je suis passé la prendre à l'heure pile, heureux d'admirer ses cheveux en liberté. Et comme promis, elle portait le pull que je lui avais offert.

Mon père et ma mère avaient été aussi surpris l'un que l'autre quand je leur avais demandé la permission d'inviter Jamie à dîner. Cela ne posait pas de problèmes : quand mon père résidait à la maison, ma mère commandait toujours à Helen, notre cuisinière, de quoi nourrir un régiment.

Je ne pense pas vous en avoir déjà parlé, mais nous ne disposions pas d'une bonne et d'une cuisinière uniquement par standing. En fait ma mère n'avait rien d'une fée du logis. Elle pouvait à la rigueur me préparer des sandwichs de temps à autre ; mais si par malheur la moutarde lui tachait les ongles, il lui fallait trois ou quatre jours pour s'en remettre. Sans Helen, je n'aurais mangé que des purées brûlées et des steaks calcinés. Mon père, heureusement, avait parfaitement estimé la situation dès le début de son mariage, et bonne et cuisinière étaient entrées à notre service avant ma naissance.

Notre maison était plus grande que la moyenne mais ce n'était pas un château et nous n'avions pas la place de loger nos deux domestiques. Mon père l'avait achetée à cause de son passé : elle avait appartenu à Richard Dobbs Spaight. J'aurais préféré qu'elle ait abrité Barbenoire, néanmoins Spaight était un des signataires de la Constitution. Il possédait également une ferme dans la région de New Bern, à une soixantaine de kilomètres de là, où il était enterré. Si notre maison n'était pas aussi célèbre que celle qui abritait sa tombe, elle permettait cependant à mon père de frimer dans les couloirs du Congrès. Chaque fois qu'il se promenait dans le jardin, il rêvait à l'empreinte qu'il aurait aimé laisser dans l'histoire. En un sens, cela m'attristait, car il ne pourrait jamais surpasser Richard Dobbs Spaight. Des événements historiques comme la signature de la Constitution ne se présentaient pas tous les siècles, et jamais le débat sur les subsides à allouer aux cultivateurs de tabac, ou les discussions sur le péril communiste ne pourraient lui apporter un tel prestige, je m'en rendais bien compte.

La maison était classée monument historique, et doit l'être encore, je pense. Malgré sa première visite, Jamie restait très impressionnée. Mes parents s'étaient tous deux mis sur leur trente et un, et j'avais suivi leur exemple. Quand ma mère a accueilli Jamie en l'embrassant sur la joue, je n'ai pu m'empêcher de penser qu'elle m'avait coiffé au poteau.

Le dîner, assez traditionnel avec ses quatre plats, fut savoureux sans être lourd. Mes parents et Jamie ont échangé des propos absolument merveilleux – décidément Mlle Garber me poursuit ! J'ai bien tenté à plusieurs reprises d'y mettre ma petite touche d'humour, mais cela n'a guère été apprécié. Enfin, pas par mes parents ; Jamie, elle, a ri, ce que j'ai trouvé plutôt encourageant.

Après le dîner, je lui ai proposé d'aller nous promener dans le jardin, bien que rien n'y fleurisse à cette saison. Dans l'air vif nos haleines dessinaient de petits nuages.

– Tu as des parents merveilleux, m'a dit Jamie.

Elle ne devait pas prendre les sermons de son père au pied de la lettre.

– Ils sont très gentils chacun à leur manière. Ma mère est vraiment adorable.

C'était la vérité, mais j'employais ces mots parce que les enfants parlaient ainsi de Jamie. J'espérais qu'elle saisirait l'allusion.

Elle s'est arrêtée devant les rosiers, des bouts de bois sec et noueux. Que pouvait-elle leur trouver d'intéressant ?

– C'est vrai ce qu'on raconte sur ton grand-père ?

Apparemment, mon allusion lui avait échappé.

– Oui, ai-je acquiescé en ravalant ma déception.

– C'est triste. Il y a autre chose que l'argent dans la vie.

– Je sais.

– Vraiment ?

– Il a mal agi.

J'évitais son regard. Et ne me demandez pas pourquoi.

– Tu n'as pas l'intention de rendre ce qu'il a pris, n'est-ce pas ?

– Je n'y ai jamais réfléchi, à vrai dire.

– Serais-tu capable de le faire ?

Je n'ai pas répondu tout de suite. Jamie s'est détournée pour se perdre à nouveau dans la contemplation des rosiers. Puis j'ai compris : elle espérait que je dise oui. C'est ce qu'elle aurait déclaré, sans la moindre hésitation.

– Pourquoi est-ce que tu m'attaques ainsi ? ai-je explosé malgré moi, brusquement tout rouge. Pourquoi veux-tu me culpabiliser ? Je n'y suis pour rien.

Le hasard a simplement voulu que je naisse dans cette famille.

Elle a touché une branche.

— Cela ne veut pas dire que tu ne peux pas réparer le mal qui a été fait si l'occasion se présente.

Je voyais où elle voulait en venir, et au fond de moi je savais qu'elle avait raison. Mais cette décision, si je devais un jour la prendre, n'était pas pour demain. Et puis j'avais d'autres priorités. J'ai ramené la conversation vers un sujet qui m'intéressait beaucoup plus.

— Qu'est-ce que ton père pense de moi ?

Je voulais savoir si Hegbert me permettrait de la revoir. Elle s'est tue un moment.

— Il se fait du souci pour moi.

— Comme tous les parents, non ?

Elle a baissé les yeux, puis m'a jeté un regard de biais avant de me faire face.

— Je crois qu'il n'est pas comme tout le monde. Mais tu lui plais et il sait que ça me fait plaisir de te voir. C'est pour cela qu'il m'a laissée venir dîner chez toi ce soir.

— Je lui en suis reconnaissant.

Je le pensais vraiment.

— Moi aussi.

Nous nous sommes regardés sous la lumière argentée du croissant de lune. Je l'aurais embrassée alors... si elle n'avait pas détourné la tête une fraction de seconde trop tôt pour me lancer une de ces phrases déconcertantes dont elle faisait sa spécialité.

– Mon père se fait aussi du souci pour toi, Landon.

À son ton à la fois triste et tendre, j'ai compris que cela ne signifiait pas qu'Hegbert me trouvait irresponsable, ni qu'il me reprochait de l'avoir nargué autrefois derrière les arbres, ni même qu'il m'en voulait d'appartenir à la famille Carter.

– Pourquoi ?

– Pour la même raison que moi.

Elle n'a rien ajouté et j'ai entendu dans son silence qu'elle avait un secret ; un secret qu'elle ne pouvait pas me révéler, un secret douloureux. Mais je ne l'apprendrais que plus tard.

Être amoureux d'une fille comme Jamie Sullivan constituait assurément l'expérience la plus étrange que j'aie jamais vécue. Non seulement je ne lui avais pas accordé une seule de mes pensées avant cette année-là, mais jamais je n'aurais pensé m'attacher à une fille de cette manière. Ça ne s'était pas passé comme avec Angela, que j'avais embrassée à la première occasion. Avec Jamie nous n'en étions pas là. Je ne l'avais même pas serrée dans mes bras, ni emmenée à Cecil's Diner, ni même au cinéma. Je n'avais rien fait avec elle de ce que je faisais habituellement avec les filles, et pourtant j'étais amoureux d'elle.

Le problème c'est que je ne savais toujours pas ce qu'elle éprouvait pour moi. Oh, bien sûr, j'avais relevé certains signes qui ne trompaient pas. La bible venait en tête, évidemment, et son regard le soir de Noël, avant de refermer la porte ; et puis elle m'avait laissé lui prendre la main dans la voiture, en rentrant de l'orphelinat. Tout cela me semblait encourageant, seulement je ne savais pas bien comment passer à l'étape suivante.

Quand je l'ai reconduite chez elle après le dîner, je lui ai demandé si je pourrais revenir la voir de temps en temps. « Volontiers », m'a-t-elle répondu. C'est exactement le mot qu'elle a employé, « volontiers ». Je ne me suis pas formalisé de ce manque évident d'enthousiasme, Jamie avait tendance à s'exprimer en adulte. Et je suppose que c'est une des raisons pour lesquelles elle s'entendait si bien avec les gens plus âgés.

En arrivant chez elle le lendemain, j'ai tout de suite remarqué que la voiture d'Hegbert ne stationnait pas dans l'allée. Et quand Jamie m'a ouvert la porte, je ne lui ai même pas demandé la permission d'entrer.

– Bonjour, Landon ! s'est-elle exclamée avec son enjouement habituel et comme si ma visite la surprenait.

Ses cheveux flottaient sur ses épaules, ce qui m'a paru bon signe.

– Salut, Jamie.

– Mon père n'est pas là, mais nous pouvons nous asseoir sous le porche si tu veux.

Ne me demandez pas comment c'est arrivé, je serais incapable de vous répondre. Je me tenais devant elle, prêt à me diriger vers les fauteuils, lorsque j'ai fait un pas en avant et lui ai pris la main en la regardant droit dans les yeux. Elle n'a pas vraiment reculé, mais elle a écarquillé les yeux et, un bref instant, croyant avoir commis une erreur, j'ai failli faire marche arrière. Je n'ai plus bougé et je lui ai souri, la tête penchée sur le côté. Ensuite, tout ce que je sais, c'est qu'elle a fermé les yeux, en penchant la tête elle aussi, et que nos deux visages se sont rapprochés.

Cela n'a pas duré aussi longtemps qu'il me faut pour le raconter, et ce n'était certainement pas un baiser comme on en voit au cinéma, mais ce fut extraordinaire. Au moment où nos lèvres se sont rejointes, j'ai su que j'en garderais le souvenir à jamais.

11.

– Tu es le premier garçon que j'ai embrassé.

C'était quelques jours avant le Nouvel An et nous nous trouvions sur la jetée de l'Iron Steamer, à Pine Knoll Shores. Nous avions pris le pont qui enjambe l'Intracoastal Waterway et traversé toute l'île. Aujourd'hui, ce bord de mer abrite certaines des plus sompteuses propriétés du pays, mais à l'époque seules des dunes de sable s'adossaient à la forêt maritime.

– Je m'en doutais.

– Pourquoi ? a-t-elle demandé innocemment. Je n'ai pas fait ça bien ?

Je ne l'aurais pas beaucoup contrariée en répondant par la négative, mais j'aurais menti.

– Tu embrasses merveilleusement, l'ai-je rassurée en lui étreignant la main.

Elle a hoché la tête et s'est tournée vers l'océan en retrouvant son petit air lointain. Cela lui arrivait de plus en plus souvent. J'ai respecté son silence jusqu'à ce qu'il me devienne insupportable.

– Ça va, Jamie ?

Elle a changé de sujet.

– As-tu déjà été amoureux ?

– Tu veux dire avant aujourd'hui ? ai-je demandé en passant une main dans mes cheveux et en lui jetant un regard à la James Dean.

C'est Éric qui m'avait montré ça, pour le cas où une fille me poserait cette question. Il était expert en la matière.

– Je parle sérieusement, Landon, a-t-elle soupiré en me regardant de travers.

Elle devait avoir vu des films, elle aussi. Jamie savait parfaitement jouer avec mes sentiments et me faire passer d'un extrême à l'autre en un rien de temps. Je ne suis pas sûr d'avoir beaucoup apprécié cet aspect de nos relations, mais je dois reconnaître que cela me tenait en haleine. Déconcerté, il m'a fallu quelque instants avant de pouvoir lui répondre.

– En fait, oui, ai-je fini par avouer.

Elle avait toujours les yeux fixés sur l'océan. Peut-être croyait-elle que je faisais allusion à Angela. En y réfléchissant pourtant, ce que j'avais éprouvé pour cette fille n'avait aucun rapport avec ce que je ressentais maintenant.

– Comment savais-tu que c'était de l'amour ?

J'ai regardé le vent jouer doucement dans ses cheveux et j'ai senti que ce n'était plus le moment de jouer à James Dean.

– Eh bien, on sait qu'il s'agit d'amour quand on ne peut plus se passer de l'autre et quand on sent que c'est réciproque, ai-je déclaré avec le plus grand sérieux.

Jamie a réfléchi et un petit sourire s'est dessiné sur ses lèvres.

– Je vois.

J'attendais qu'elle ajoute quelque chose ; en vain. Je connus alors la seconde révélation de la journée : Jamie n'avait peut-être aucune expérience des garçons, mais franchement, elle me menait par le bout du nez. Les deux jours suivants, d'ailleurs, elle a refait son chignon.

Pour le réveillon du Nouvel An j'ai emmené Jamie dîner au restaurant. C'était la première fois qu'un garçon l'invitait. J'avais choisi un joli coin en bord de mer, à Morehead City, qui s'appelait Flauvin's. Un de ces restaurants avec nappes, bougies et cinq séries de couverts par personne. Les serveurs avaient l'air de maîtres d'hôtel dans leur habit noir et blanc, et par les immenses baies vitrées qui donnaient sur la mer on apercevait le reflet de la lune doucement bercé par les flots. Certains jours fériés, quand le patron comptait sur une salle comble, il y avait même un pianiste et une chanteuse.

Quand j'avais voulu réserver, tout était complet. J'avais alors prié ma mère de rappeler et, comme par hasard, une table s'était libérée. Le propriétaire espérait peut-être une faveur de mon père, ou peut-être voulait-il ne pas le contrarier, connaissant la réputation de mon grand-père qui était toujours de ce monde...

L'idée du Flauvin's venait de ma mère. Deux jours avant le Nouvel An, tandis que Jamie réapparaissait coiffée en chignon, je lui avais fait mes confidences.

– Je ne pense plus qu'à elle, maman. Je sais qu'elle m'aime bien, seulement j'ignore si elle partage mes sentiments.

– Eh bien, qu'as-tu essayé jusqu'à présent ?

– Que veux-tu dire ?

Ma mère a souri.

– Oh, simplement que toutes les jeunes filles, même Jamie, aiment qu'on leur fasse sentir qu'elles comptent plus que les autres.

J'ai réfléchi, légèrement perplexe. N'était-ce pas ce que je faisais ?

– Justement, je lui rends visite tous les jours.

Ma mère a posé une main sur mon genou. Ce n'était pas une fée du logis certes, et elle ne me ménageait pas toujours, malgré cela, comme je vous l'ai déjà dit, c'était vraiment une femme merveilleuse.

– C'est gentil d'aller la voir, mais ça n'a rien de très romantique. Tu devrais trouver quelque chose qui lui fasse comprendre sans le moindre doute ce que tu éprouves pour elle.

Elle m'a suggéré de lui offrir du parfum ; cela

aurait sans doute plu à Jamie. Pourtant, comme Hegbert lui interdisait de se maquiller, j'ai craint que cette fantaisie ne lui soit pas non plus autorisée. C'est alors que ma mère m'a conseillé de l'inviter à dîner.

– Je n'ai plus d'argent, ai-je soupiré d'un air accablé.

Ma famille vivait dans l'aisance, mais une fois mon argent de poche dépensé, aucun supplément ne m'était accordé. « Afin que tu acquières le sens des responsabilités », m'avait un jour expliqué mon père.

– Qu'as-tu fait de l'argent que tu avais à la banque ?

J'ai poussé un nouveau soupir et je lui ai tout raconté. Elle m'a écouté sans rien dire. À la fin de mon récit, son visage exprimait une intense satisfaction, comme si elle aussi s'apercevait que j'avais mûri.

– Laisse-moi régler ce petit problème. Occupe-toi simplement de savoir si cela lui plairait et si le révérend Sullivan lui accordera la permission de sortir. Si c'est d'accord, on trouvera une solution, je te le promets.

Je me suis rendu à l'église dès le lendemain. Je savais qu'Hegbert travaillait à son bureau. Je n'avais encore parlé de rien à Jamie : il lui faudrait la permission de son père et je préférais la lui demander moi-même vu la froideur de l'accueil qu'il me réservait à chacune de mes visites. Chaque fois que, caché derrière ses rideaux, il me voyait monter les marches du perron – comme Jamie, un sixième sens le prévenait de mon arrivée –, il se reculait vivement ; quand je frappais, il mettait un temps infini à m'ouvrir, puis il me regardait longuement et poussait un long soupir en secouant la tête avant de me saluer.

Par la porte entrouverte je l'ai vu assis à son bureau, ses lunettes perchées sur son nez. Il semblait plongé dans des comptes, peut-être le budget de l'église pour l'année à venir. Les pasteurs aussi ont des factures à payer.

J'ai frappé et il a levé vers moi un regard intéressé, comme s'il attendait un autre membre de la congrégation. Mais en me reconnaissant, il a aussitôt froncé les sourcils.

– Bonjour, révérend, ai-je dit poliment. Pourriez-vous m'accorder un instant ?

Il me paraissait encore plus fatigué que d'habitude et j'ai pensé qu'il devait être malade.

– Bonjour, Landon, m'a-t-il répondu d'un ton las.

Je portais une tenue stricte pour l'occasion, veste et cravate.

– Puis-je entrer ?

Il a fait oui de la tête, imperceptiblement, puis m'a désigné le siège devant son bureau.

– Que puis-je faire pour toi ?

– Eh bien, monsieur, je voulais vous demander

une faveur, ai-je commencé en me calant nerveusement sur mon siège.

Il m'a longuement dévisagé.

— S'agit-il de Jamie ?

J'ai pris une profonde inspiration et je me suis jeté à l'eau.

— Oui, monsieur. Je voulais vous demander la permission de l'emmener dîner le soir du réveillon.

Il a soupiré.

— C'est tout ?

— Oui, monsieur. Je la ramènerai à l'heure qui vous conviendra.

Il a retiré ses lunettes et les a essuyées avec son mouchoir avant de les rechausser. Il réfléchissait.

— Tes parents seront là ?

— Non, monsieur.

— Alors je ne pense pas que ce soit possible. Mais je te remercie de m'avoir d'abord demandé mon autorisation.

Il a ramené son regard sur ses papiers, me signifiant clairement que notre entretien était terminé. Je me suis levé mais au moment de franchir la porte, je me suis ravisé.

— Révérend ?

Il a relevé la tête, surpris de me voir encore là.

— Je suis désolé de ce que j'ai fait quand j'étais plus jeune, et je regrette beaucoup de ne pas avoir toujours traité Jamie comme elle le méritait. Mais à partir d'aujourd'hui, cela va changer, je vous le promets.

J'avais l'impression qu'il ne me voyait pas. Il fallait aller plus loin.

– Je l'aime, lui ai-je finalement déclaré.

Ces mots réveillèrent l'attention du pasteur.

– Je le sais, a-t-il répondu d'une voix triste, mais je ne veux pas la voir souffrir.

Était-ce un effet de mon imagination, j'ai cru voir ses yeux se remplir de larmes.

– Jamais je ne lui ferai de mal.

Il s'est tourné vers la fenêtre, les yeux perdus sur le ciel où le soleil hivernal tentait vainement de percer les nuages. C'était une journée triste, froide et maussade.

– Tu devras la ramener à la maison pour dix heures, a-t-il finalement accepté, comme à contre-cœur.

J'ai souri, sans oser le remercier. Il désirait rester seul, je le sentais. En sortant, je lui ai jeté un dernier regard par-dessus mon épaule : il se tenait immobile, le visage enfoui entre ses mains. Cela m'a bouleversé.

Une heure plus tard, j'invitai Jamie. Elle a commencé par me répondre qu'elle ne pensait pas pouvoir venir. Quand je lui ai appris que j'en avais déjà parlé à son père, elle m'a paru étonnée. Je crois qu'à partir de ce moment, elle ne m'a plus considéré de la même façon. Je me suis abstenu de lui dire que j'avais cru voir le pasteur pleurer. Non seulement je ne comprenais pas très bien ce qui s'était passé, mais je ne voulais pas l'inquiéter. Le soir, cependant, j'ai raconté la scène à ma mère qui m'a fourni une explication fort plausible. Elle me convenait parfaitement en tout cas : Hegbert avait dû prendre brusquement conscience que sa fille grandissait et qu'elle commençait à lui échapper. J'espérais bien qu'il s'agissait de cela.

Je suis allé chercher Jamie à l'heure exacte. Sans que je lui aie fait une quelconque remarque, elle avait renoncé au chignon. Nous avons traversé le pont et suivi le bord de mer jusqu'au restaurant sans rien dire. Le patron en personne nous a conduits à notre table, une des mieux placées.

La salle était déjà comble et les gens autour de nous semblaient s'amuser. Le soir du réveillon, tout le monde se mettait sur son trente et un. Nous étions les deux seuls adolescents, pourtant je ne crois pas que notre présence ait paru déplacée.

Jamie n'était jamais allée chez Flauvin's et l'endroit lui a tout de suite plu. Elle semblait ravie. Ma mère ne s'était pas trompée.

— Cet endroit est merveilleux. Merci de m'avoir invitée.

— Je suis heureux que ça te plaise.

— Tu es déjà venu ici ?

— Quelquefois. C'est un des restaurants préférés de mes parents, ils y dînent quand mon père rentre de Washington.

Elle a regardé par la fenêtre. Un bateau est apparu devant nous, tout illuminé. Puis elle est restée silencieuse un moment, perdue dans ses pensées.

– C'est magnifique ici, a-t-elle murmuré dans un souffle.

– Comme toi.

– Arrête de me taquiner, a-t-elle protesté en rougissant.

– Je ne plaisante pas.

La main dans la main, nous avons évoqué les derniers mois. Elle a ri quand je lui ai avoué la raison de mon invitation au bal. Sa bonne humeur montrait qu'elle s'en était toujours doutée.

– Est-ce que tu me réinviteras ?

– Absolument.

Le dîner était délicieux. Nous avions tous les deux commandé du loup accompagné d'une salade. Au moment où le serveur a retiré nos assiettes, la musique a commencé. Il nous restait une heure et je l'ai invitée à danser.

Au début, nous étions seuls à évoluer sur la piste. Tout le monde nous regardait : ils devaient sentir les sentiments que nous éprouvions l'un pour l'autre et cela rappelait sans doute leur jeunesse aux nombreux adultes présents qui nous souriaient d'un air attendri. Quand le chanteur a attaqué un slow langoureux sous les lumières tamisées, j'ai serré Jamie contre moi et j'ai fermé les yeux. Jamais instant ne m'avait paru aussi fabuleux. J'étais amoureux et ce sentiment se révélait plus fantastique encore que je ne l'avais imaginé.

Nous avons passé ensemble les dix jours qui ont suivi le Nouvel An. Jamie, parfois, semblait un peu fatiguée mais comme tous les jeunes couples à cette époque, nous nous sommes longuement promenés en bavardant le long de la Neuse, ou sur la plage près de Fort Macon. Malgré le froid hivernal et la couleur acier de l'océan, nous aimions particulièrement cet endroit. Au bout d'une heure ou deux, Jamie me demandait de la reconduire chez elle, et nous revenions en voiture, nos deux mains serrées l'une dans l'autre. Il lui arrivait parfois de s'assoupir ; ou au contraire elle bavardait tout le long du chemin sans me laisser placer un mot.

Mon premier souci était de lui faire plaisir. Sans aller jusqu'à assister à ses cours d'instruction religieuse – à vrai dire, je cherchais surtout à éviter de passer pour un idiot devant elle –, je l'ai accompagnée à deux reprises à l'orphelinat. D'une visite à l'autre, je m'y trouvais plus à l'aise. Un jour, pourtant, nous avons dû rentrer plus tôt que prévu parce que Jamie ne se sentait pas bien. Moi-même, qui n'étais pas particulièrement observateur, j'avais remarqué son visage fiévreux.

Nous nous embrassions de temps en temps, pas chaque fois que nous nous retrouvions. Je ne songeais pas à aller plus loin, c'était inutile. L'émotion douce et profonde de ses baisers me suffisait. Et plus je l'embrassais, plus je découvrais combien nous l'avions mal comprise, moi comme les autres.

Jamie n'était pas seulement la fille du pasteur ou quelqu'un qui se mettait en quatre pour les gens. C'était aussi une adolescente de dix-sept ans en proie aux mêmes doutes et aux mêmes espoirs que moi. Je le croyais du moins, jusqu'à ce qu'elle aborde ce sujet.

Je n'oublierai jamais ce jour-là. Elle s'était montrée très tranquille et j'avais eu le curieux pressentiment que quelque chose d'important se préparait.

C'était le dernier samedi des vacances. Un vent glacial du nord-est soufflait depuis la veille et nous revenions à pied de Cecil's Diner, frileusement serrés l'un contre l'autre. Jamie avait glissé son bras sous le mien et nous marchions lentement, plus lentement que d'habitude. Je sentais qu'elle n'allait pas bien. Elle avait hésité à sortir, rebutée par le froid, mais j'avais insisté : il était grand temps que mes amis apprennent ce qu'il en était de nous deux. Le destin avait voulu qu'il n'y ait personne ce soir-là à Cecil's Diner. Comme dans beaucoup de villes côtières, en hiver l'activité baissait.

Jamie marchait en silence et je devinais qu'elle avait quelque chose à me dire. Je ne m'attendais pourtant pas à son entrée en matière.

— Ils me trouvent bizarre, n'est-ce pas ? a-t-elle repris.

— De qui parles-tu ? ai-je demandé tout en connaissant déjà la réponse.

— Des élèves du lycée.

— Non, pas du tout, ai-je menti.

Je l'ai embrassée sur la joue tout en serrant plus fort son bras contre moi. Elle a sursauté et j'ai senti que je lui avais fait mal.

— Ça va ? me suis-je aussitôt inquiété.

— Très bien. Tu veux me faire plaisir ?

— Tes désirs sont des ordres.

— Promets-moi de toujours me dire la vérité à partir de maintenant, d'accord ?

— Bien sûr.

Elle m'a forcé à m'arrêter et à la regarder droit dans les yeux.

— Je peux vraiment compter sur toi ?

— Évidemment, me suis-je défendu, inquiet du tour que prenait la conversation. Je te promets, à partir de cette seconde, de toujours te dire la vérité.

Alors même que je prononçais ces paroles, j'ai su que je les regretterais.

Nous avons repris notre marche et pendant que nous descendions la rue, mes yeux se sont posés sur nos mains enlacées. Un gros bleu s'étendait sur son annulaire. J'ignorais totalement ce qui l'avait causé, mais j'étais sûr qu'il ne s'y trouvait pas la veille. Un bref instant, j'ai pensé que c'était peut-être moi qui lui avais fait mal, mais je ne l'avais même pas effleurée à cet endroit.

— Les autres me trouvent bizarre, n'est-ce pas ? a-t-elle repris.

Mon souffle s'est accéléré.

— Oui.

Ce simple mot m'a fait mal.

– Pourquoi ?

Elle semblait presque découragée.

– Pour différentes raisons.

J'essayais de rester le plus vague possible.

– Mais pourquoi exactement ? Est-ce à cause de mon père ? Parce que j'essaie d'être gentille avec tout le monde ?

Je ne voulais surtout pas m'aventurer sur ce terrain.

– Sans doute.

C'est tout ce que j'ai trouvé à dire. Le malaise me gagnait. Jamie avait l'air complètement abattue maintenant et nous avons continué à avancer sans rien dire.

– Toi aussi, tu me trouves bizarre ?

Son intonation m'a causé une peine incroyable. Je l'ai arrêtée pour la serrer contre moi. Je l'ai embrassée tendrement et quand nous nous sommes écartés l'un de l'autre, elle a gardé les yeux rivés au sol. J'ai mis mon doigt sous son menton pour la forcer à me faire face

– Tu es une fille merveilleuse, Jamie. Tu es belle, douce, gentille... tu es tout ce que je voudrais être. S'il y a des gens qui ne t'aiment pas ou qui te trouvent bizarre, c'est leur problème.

Dans la grisaille de cette froide journée d'hiver, j'ai vu sa lèvre inférieure trembler, un frisson m'a parcouru, et brusquement mon cœur s'est emballé. J'ai plongé mon regard dans le sien avec un sourire radieux, incapable de retenir les mots qui se bousculaient sur mes lèvres.

– Je t'aime, Jamie. Tu es la meilleure chose qui me soit jamais arrivée.

Pour la première fois, je manifestais mes sentiments à une personne étrangère à ma proche famille. Quand il m'était arrivé de penser au jour où je prononcerais ces paroles, je croyais que ce serait difficile. Pas du tout. Je n'avais jamais été aussi convaincu de ce que je disais.

Jamie a baissé la tête et fondu en larmes. Je l'ai prise dans mes bras. Son corps m'a paru plus mince, et je me suis souvenu qu'elle avait à peine touché à son repas. Elle a pleuré ainsi contre moi pendant un long moment. Désemparé par sa réaction, je me demandais si elle partageait mes sentiments. Mais je ne regrettais rien, je lui avais dit la vérité. N'avais-je pas promis de ne plus mentir ?

– Je t'en prie, ne dis pas ça, m'a-t-elle supplié. Je t'en prie...

– Mais je t'aime, ai-je répété, pensant qu'elle ne me croyait pas.

Elle a sangloté de plus belle.

– Je suis désolée, a-t-elle murmuré entre deux hoquets. Je suis tellement, tellement désolée...

– De quoi donc ? me suis-je écrié, la gorge brusquement sèche, pris d'un désir impérieux de savoir ce qui la bouleversait. C'est à cause de mes amis ? Je me moque de ce qu'ils pensent, voyons, je m'en fiche complètement.

Je cherchais désespérément à comprendre, à la fois perdu et, je l'avoue, effrayé. Quand elle s'est enfin calmée, elle a levé la tête vers moi et m'a embrassé si doucement qu'il m'a semblé qu'un souffle m'effleurait. Les yeux gonflés de larmes, elle a passé doucement un doigt sur ma joue.

— Il ne faut pas être amoureux de moi, Landon. Nous pouvons être amis, nous pouvons nous voir. Mais il ne faut pas m'aimer.

— Pourquoi ? me suis-je écrié d'une voix rauque sans rien y comprendre.

— Parce que je suis très malade, Landon, a-t-elle dit d'une toute petite voix.

Je m'y attendais si peu que je n'ai pas saisi le sens de ses paroles.

— Et alors ? Tu prendras quelques jours...

Un sourire triste s'est dessiné sur son visage et j'ai compris brutalement ce qu'elle tentait de m'expliquer. Sans me quitter des yeux, elle a alors prononcé les mots qui m'ont transpercé le cœur.

— Je vais mourir, Landon.

12.

Elle avait une leucémie ; elle le savait depuis l'été précédent.Quand elle me l'a annoncé, mon sang a reflué et un tourbillon d'images a virevolté dans ma tête. J'ai eu alors la sensation fulgurante de comprendre tout ce qui s'était passé entre nous. Je comprenais pourquoi elle avait voulu que je joue dans la pièce, pourquoi après la première représentation Hegbert l'avait appelée son ange, pourquoi il paraissait tout le temps si fatigué et pourquoi il s'était inquiété de me voir souvent chez lui. Tout m'est devenu absolument clair : pourquoi elle tenait tant à ce que ce Noël à l'orphelinat soit particulier ; pourquoi elle ne pensait pas aller à l'Université ; pourquoi elle m'avait offert sa bible.

Tout s'expliquait et, en même temps, plus rien n'avait de sens. Jamie Sullivan avait une leucémie. Jamie, la douce Jamie, était mourante. *Ma Jamie...*

— Non, non, ai-je murmuré à son oreille, il ne peut s'agir que d'une erreur.

Mais elle a balayé mes derniers espoirs. Le cœur battant la chamade, j'ai dû me raccrocher à elle pour ne pas tomber. Un homme et une femme se dirigeaient vers nous, tête baissée, en tenant leur chapeau à deux mains pour l'empêcher de s'envoler. Un chien a traversé la chaussée en trottinant, puis s'est arrêté pour renifler les buissons. Un homme juché sur une échelle décrochait ses guirlandes de Noël. Des scènes de la vie quotidienne, de ces faits banals que je n'aurais jamais remarqués auparavant et qui, brusquement, me révoltaient. J'ai fermé les yeux, espérant chasser cet horrible cauchemar.

– Je suis désolée, Landon, ne cessait-elle de répéter.

Je me rends compte aujourd'hui que c'est moi qui aurais dû prononcer ces paroles. Mais dans mon désarroi, j'étais incapable de dire quoi que ce soit. Tout au fond de moi, je savais qu'il ne s'agissait pas d'un cauchemar. À nouveau j'ai serré Jamie contre moi, les yeux pleins de larmes, tentant d'être le rocher dont je pensais qu'elle avait besoin.

Nous avons pleuré ensemble dans la rue un long moment, à quelques pas de chez elle. Nos larmes ont coulé de plus belle quand Hegbert nous a ouvert la porte et qu'il a compris que je connaissais leur secret. Et ma mère a sangloté si fort en nous serrant contre sa poitrine que la bonne et la cuisinière, croyant qu'un accident était arrivé à mon père, ont voulu appeler le médecin. Le dimanche, Hegbert a annoncé la nouvelle à notre communauté, le visage figé en un masque de douleur et d'angoisse, puis il s'est brutalement arrêté et il a fallu l'aider à s'asseoir. Les gens écarquillaient les yeux, muets de stupeur, l'air de se demander si on ne leur jouait pas une plaisanterie de mauvais goût. Puis, d'un coup, un concert de lamentations a éclaté.

Le jour où Jamie m'avait appris la terrible nouvelle, nous avions passé un moment en compagnie d'Hegbert et Jamie avait répondu patiemment à toutes mes questions. Non, elle ne savait pas combien de temps il lui restait à vivre. Non, les médecins ne pouvaient plus rien faire. Il s'agissait d'une forme rarissime de cette maladie, avaient-ils précisé, qui ne réagissait pas aux traitements actuellement disponibles. Oui, elle se sentait bien au début de l'année scolaire. Elle n'avait commencé à en souffrir que depuis quelques semaines.

– C'est l'évolution normale. On se porte bien, puis soudain, le corps cesse de lutter et tout se dégrade.

Étouffant mes larmes, je repensais malgré moi à la pièce.

– Mais toutes ces répétitions... ces longues journées... peut-être n'aurais-tu pas dû...

– Peut-être, m'a-t-elle coupé en me prenant la main. Mais c'est la pièce aussi qui m'a maintenue en forme si longtemps.

Plus tard, elle m'a appris que sept mois s'étaient écoulés depuis le diagnostic de leucémie. Les médecins lui avaient donné un an, peut-être moins. De nos jours, tout se serait sans doute passé différemment. On aurait probablement pu la soigner. Mais c'était il y a quarante ans et je ne me faisais aucune illusion. Seul un miracle pouvait la sauver.

— Pourquoi ne m'as-tu rien dit ?

C'était la seule question que je ne lui avais pas posée, celle qui me harcelait. Je n'avais pas réussi à dormir, passant successivement de l'accablement au refus d'accepter, de la tristesse à la colère. Toute la nuit j'avais prié que toute cette horreur ne soit qu'un cauchemar.

C'était le lendemain, le 10 janvier 1959, nous nous trouvions chez elle au salon, Hegbert venait d'annoncer la triste nouvelle à sa communauté. Jamie me semblait moins abattue qu'on aurait pu s'y attendre. Mais il est vrai qu'elle vivait ce calvaire depuis sept mois déjà. Ni elle ni son père ne m'avaient fait suffisamment confiance pour partager leur lourd secret. Cela me blessait et m'effrayait d'autant plus.

— J'avais décidé qu'il valait mieux ne pas en parler, m'a-t-elle expliqué. Tu as vu comment tout le monde a réagi aujourd'hui ? Plus personne n'ose me regarder dans les yeux. S'il ne te restait que quelques mois à vivre, souhaiterais-tu les passer dans une ambiance pareille ?

Elle avait raison, mais j'avais toujours autant de difficultés à accepter. Pour la première fois de ma vie, j'étais totalement et désespérément perdu. Jamais personne n'était mort dans mon entourage, du moins pas à mon souvenir. Ma grand-mère avait disparu quand j'avais trois ans et je ne me rappelais absolument rien à son sujet, ni son enterrement ni les années qui suivirent son décès. Mon père et mon grand-père en parlaient, bien sûr ; mais pour moi les choses s'arrêtaient là. Ça ne me touchait pas plus que les rubriques nécrologiques qu'on lit dans les journaux à propos de gens inconnus. Mon père m'avait emmené plusieurs fois déposer des fleurs sur sa tombe, je n'avais jamais ressenti la moindre émotion. Je n'éprouvais de sentiments qu'envers ceux qu'elle avait laissés derrière elle.

Jamie, elle, avec ses dix-sept ans, était à la fois femme et enfant, mourante et pleine de vie. J'étais absolument terrifié. Je vivais dans la crainte permanente de commettre une maladresse ou de la blesser. Pouvais-je me mettre en colère devant elle ? Devais-je encore évoquer l'avenir ? Mes craintes me paralysaient.

Puis j'ai réalisé que je ne l'avais jamais connue en bonne santé, ce qui m'a paru plus absurde encore. Je la fréquentais depuis quelques mois, je n'étais amoureux d'elle que depuis dix-huit jours ; ma vie semblait se résumer à cette courte période et chaque fois que je regardais Jamie, je ne pouvais m'empêcher de me demander combien de temps nous séparait de la fin.

Le lundi suivant, elle n'est pas venue en classe, et

j'ai pressenti que jamais plus elle ne parcourrait les couloirs du lycée. Je ne la verrais plus lire sa bible pendant la pause du déjeuner, je n'apercevrais plus son cardigan marron dans la foule des élèves aux interclasses. Elle ne reviendrait plus en cours. Elle n'aurait jamais son diplôme.

Perdu dans un brouillard, j'entendais les uns après les autres les professeurs nous répéter ce que la plupart d'entre nous savaient déjà. Les réactions étaient les mêmes qu'à l'église. Les filles pleuraient, les garçons baissaient la tête, les uns et les autres racontaient des anecdotes à son sujet comme si elle était déjà partie.

— Que pouvons-nous faire ? se demandaient-ils tout haut en me regardant dans l'attente d'une réponse.

— Je ne sais pas.

Je ne trouvais rien d'autre à dire.

J'ai séché les cours de l'après-midi et je suis allé voir Jamie. Quand j'ai frappé à sa porte, elle m'a ouvert avec son entrain habituel, comme si tout allait pour le mieux dans le meilleur des mondes.

— Bonjour, Landon. En voilà une surprise !

Elle s'est penchée pour m'embrasser, et je l'ai embrassée à mon tour, malgré ma forte envie de pleurer.

— Mon père n'est pas là pour le moment, mais nous pouvons nous mettre sous le porche, si tu veux.

— Mais comment fais-tu ? Comment peux-tu faire semblant d'être en pleine forme ?

– Je ne fais pas semblant, Landon. Laisse-moi le temps d'aller chercher mon manteau et je t'explique, d'accord ?

Elle a attendu ma réponse en souriant. Les lèvres pincées, j'ai fini par acquiescer silencieusement.

– Je reviens tout de suite.

Je me suis assis sur le fauteuil. Deux secondes plus tard elle était de retour, vêtue d'un épais manteau, de gants et d'un bonnet. Le vent du nord-est était tombé et il faisait bien moins froid que le week-end précédent. Pourtant, elle semblait frigorifiée.

– Tu n'étais pas au lycée aujourd'hui ?

Elle a secoué la tête, les yeux baissés.

– Vas-tu revenir ?

Je connaissais déjà la réponse, j'avais seulement besoin de l'entendre de sa bouche.

– Non.

– Pourquoi ? Tu es déjà si malade que ça ?

J'étais au bord des larmes. Elle m'a pris doucement la main.

– Non. En fait, aujourd'hui, je me sens très bien. Seulement, je préfère rester à la maison le matin et profiter de mon père avant qu'il ne parte à son bureau. Je voudrais passer le plus de temps possible avec lui.

Avant de mourir, s'est-elle retenue d'ajouter.

Le cœur chaviré, j'étais incapable de dire quoi que ce soit.

– Quand les médecins nous ont mis au courant,

ils m'ont conseillé de mener autant que possible une vie normale, que ça m'aiderait à rester en forme.

– Ce n'est pas une vie normale, ai-je protesté amèrement.

– Je sais.

– Et tu n'as pas peur ?

Je m'attendais à ce qu'elle dise non, ou encore qu'elle me réponde par une réflexion d'adulte pleine de sagesse, ou qu'elle m'explique combien les voies du Seigneur sont impénétrables. Elle a détourné les yeux.

– Si, tout le temps.

– Alors pourquoi ne le montres-tu pas ?

– Ça m'arrive. Mais seulement quand je suis seule.

– Pourquoi ? Tu n'as pas confiance en moi ?

– Si, mais je sais que tu as peur, toi aussi.

J'ai prié pour qu'un miracle se produise. Il en arrive tout le temps, à en croire les journaux. Des gens recouvrent l'usage de leurs jambes alors qu'on les croyait condamnés à l'immobilité ; on retrouve un survivant d'une catastrophe quand tout espoir est depuis longtemps perdu. De temps à autre, un prêcheur ambulant venait planter sa tente à l'entrée de Beaufort et on allait le voir soigner les gens. J'avais assisté à une ou deux guérisons. J'étais persuadé qu'il ne s'agissait que de mise en scène, n'ayant jamais croisé ces malades auparavant, mais je dois reconnaître qu'il se passait parfois des choses que je restais bien en peine d'expliquer. Le vieux Sweeney, par exemple, le boulanger de la ville : il avait combattu dans les tranchées pendant la Grande Guerre au sein d'une unité d'artillerie, et avait perdu l'ouïe à la suite d'un pilonnage intensif de l'ennemi. Il ne jouait pas la comédie, il n'entendait vraiment pas. Il nous arrivait même, gamins, de profiter de son infirmité pour lui voler des petits pains à la cannelle. Or ce guérisseur, après avoir prié avec ferveur, lui avait appliqué la main sur le côté de la tête. Sweeney avait poussé un tel hurlement que tout le monde avait sauté sur son siège. Le visage tordu de terreur, comme s'il avait été marqué au fer rouge, le boulanger avait secoué la tête en jetant des regards effrayés autour de lui et en s'écriant : « J'entends à nouveau ! » Lui-même refusait d'y croire.

— Le Seigneur peut tout faire, avait assuré le prêcheur pendant que Sweeney regagnait sa place. Le Seigneur écoute nos prières.

Ce soir-là, j'ai donc ouvert la bible que Jamie m'avait offerte à Noël et j'ai commencé à lire. Évidemment, j'en avais découvert certains chapitres aux cours d'instruction religieuse. Mais en toute franchise, je me souvenais à peine de quelques épisodes marquants : Dieu envoyant les sept plaies sur l'Égypte afin que les Juifs puissent quitter le pays, Jonas dans le ventre de la baleine, Jésus marchant sur l'eau ou ressuscitant Lazare, et d'autres du même genre. Je savais que le Seigneur réalisait un exploit pratiquement à chaque chapitre, mais j'étais loin de les connaître tous. Les chrétiens s'appuient surtout sur les enseignements du Nouveau Testament et j'ignorais tout du Livre de Josué ou de celui de Ruth, ou encore de celui du prophète Joël. Le premier soir, j'ai lu la Genèse, le second l'Exode, et ainsi de suite, le Lévitique, les Nombres, le Deutéronome. Ma lecture progressait lentement à certains passages, en particulier celui qui explique les lois de Dieu, mais rien ne m'arrêtait. Un besoin irrépressible dont je ne comprenais pas bien l'origine me poussait à lire.

Un soir tard, alors que je tombais de fatigue, j'ai senti que j'étais arrivé à ce que je cherchais au début du livre des Psaumes. Tout le monde connaît le vingt-troisième psaume, « Yahvé est mon pasteur, je ne manque de rien » ; mais j'avais voulu lire les autres, également importants me semblait-il. Un passage avait été souligné. Voilà ce qu'il disait :

> *Vers toi, Yahvé, j'appelle,*
> *mon rocher, ne sois pas sourd ;*
> *que je ne sois devant ton silence,*
> *comme ceux qui descendent à la fosse !*
>
> *Écoute la voix de ma prière*
> *quand je crie vers toi,*
> *quand j'élève les mains, Yahvé,*
> *vers ton saint des saints.*

J'ai refermé la bible, les yeux remplis de larmes, incapable d'aller jusqu'au bout. Je sentais obscurément que Jamie avait souligné ce texte à mon intention.

– Je ne sais pas quoi faire.

Hébété, je regardais fixement la lumière douce de ma lampe de chevet. Ma mère était assise à côté de moi sur mon lit. Nous arrivions à la fin du mois de janvier, le mois le plus pénible de ma vie jusqu'alors, et je savais que février serait pire encore.

– Je sais que c'est difficile, malheureusement tu ne peux rien y faire.

– Je ne faisais pas allusion à sa maladie, je sais que je n'y peux rien. Je parlais de notre relation, à elle et moi.

Ma mère m'a regardé tendrement. Elle s'inquiétait pour Jamie, mais aussi pour moi.

– J'ai du mal à lui parler. Quand je la regarde, je ne peux m'empêcher de songer au jour où elle ne sera plus là. Au lycée je pense sans cesse à elle, je meurs d'impatience de la retrouver, et quand j'arrive chez elle, je reste muet.

– Je ne sais pas si tu pourrais dire quoi que ce soit qui puisse l'aider.

– Alors que dois-je faire ?

Elle m'a dévisagé tristement et a passé un bras autour de mon cou.

– Tu l'aimes vraiment, n'est-ce pas ?

– De tout mon cœur.

Jamais je ne l'avais vue aussi triste.

– Et que te dit ton cœur ?

– Je ne sais pas.

– Peut-être que tu cherches tellement que tu ne l'entends pas.

Le lendemain, j'ai été à peine moins maladroit avec Jamie. Avant d'arriver chez elle, j'avais décidé de ne rien dire qui risque de la démoraliser, de lui parler comme avant, et j'ai appliqué mon plan à la lettre. Je me suis assis sur son lit, je lui ai parlé de mes amis, de ce qu'ils faisaient, du succès remporté par l'équipe de basket. Je lui ai dit que je n'avais toujours pas de nouvelles de l'Université, mais que j'espérais en avoir dans les semaines à venir. Que j'avais hâte d'arriver aux examens. Je lui ai parlé comme si elle devait revenir au lycée la semaine suivante. Pendant toute cette conversation elle a très bien senti mon malaise. Elle a hoché la tête en souriant et a posé quelques questions. Mais nous savions tous deux que je ne recommencerais plus cette expérience. Cela sonnait faux. Mon cœur me disait la même chose.

Alors je me suis tourné à nouveau vers la Bible, dans l'espoir qu'elle me guiderait.

Quelques jours plus tard Jamie avait encore maigri. Sa peau commençait à prendre une teinte légèrement grisâtre et les os de ses mains saillaient. J'ai remarqué de nouveaux hématomes. Nous nous retrouvions maintenant à l'intérieur, au salon ; elle ne supportait plus le froid. Et pourtant, elle restait aussi jolie qu'avant.

– Comment te sens-tu ?

– Je vais bien. Elle souriait vaillamment. Les médecins m'ont donné des médicaments contre la douleur qui me soulagent un peu.

Je venais tous les jours. Le temps semblait à la fois se ralentir et s'accélérer.

– As-tu besoin de quoi que ce soit ?

– Non, merci. Ça va comme ça.

– J'ai commencé à lire la Bible.

– C'est vrai ?

Son visage s'est éclairé, elle m'a rappelé l'ange de la pièce. Je n'arrivais pas à croire que seulement six semaines s'étaient écoulées.

– Je voulais que tu le saches.

– Je suis contente que tu me l'aies dit.

– Hier soir, j'ai lu le Livre de Job, quand Dieu met sa foi à l'épreuve.

Elle m'a tapoté le bras en souriant, et le contact de sa main douce sur ma peau m'a fait du bien.

– Tu devrais lire autre chose. Dieu n'a pas été extraordinaire dans cette affaire.

– Pourquoi lui a-t-Il imposé tant de malheurs ?

– Je l'ignore.

– Tu ne t'es jamais sentie comme Job ?

– Parfois.

Une lueur malicieuse anima son regard.

– Mais tu n'as pas perdu la foi ?

– Non.

Je le savais. Moi, en revanche, je crois que je perdais la mienne.

– Pourquoi ? Tu espères guérir ?

– Non, mais c'est tout ce qu'il me reste.

Ensuite, nous nous sommes mis à lire la Bible ensemble. C'était une bonne idée, pourtant mon cœur me disait qu'il y avait mieux à faire. Je passais mes nuits à chercher quoi.

Lire la Bible nous donnait un but et cela dissipa toute gêne entre nous, peut-être parce que je ne craignais plus de la blesser par mégarde. Qu'aurions-nous pu trouver de plus adapté que cette lecture ? Même si je connaissais les Saintes Écritures bien moins que Jamie, je crois qu'elle appréciait mon geste. Parfois, elle posait une main sur mon genou et écoutait simplement ma voix résonner dans la pièce.

De temps à autre, je lisais assis à côté d'elle sur son lit et, tout en l'observant, je m'arrêtais à un passage, un psaume ou même un proverbe pour lui demander ce qu'elle en pensait. Elle avait toujours une réponse, et j'opinais en réfléchissant à ses commentaires. Parfois c'était elle qui voulait connaître mon avis et je lui répondais de mon mieux. Il m'arrivait aussi d'éluder la question, et je suis sûr qu'elle s'en apercevait.

– C'est vraiment ce que ça signifie pour toi ? s'étonnait-elle.

Je me frottais alors le menton en me demandant

comment m'en sortir. Mais il arrivait aussi qu'elle me déconcerte, avec sa main sur mon genou et l'émotion qui m'habitait en sa présence.

Un vendredi soir, je l'ai emmenée dîner chez moi. Maman est restée en notre compagnie jusqu'au plat de résistance, puis elle est allée au salon pour nous laisser seuls. J'étais heureux d'être ainsi près de Jamie, et je sentais qu'elle appréciait, elle aussi. Elle ne bougeait pratiquement plus de chez elle et cette sortie la changeait agréablement.

Depuis qu'elle m'avait annoncé sa maladie, elle ne portait plus de chignon, et j'étais toujours aussi émerveillé que la première fois où j'avais vu ses cheveux défaits. Elle regardait la vitrine – celle de ma mère s'éclairait de l'intérieur – lorsque je lui ai pris la main.

– Merci d'être venue ce soir.

– Merci de m'avoir invitée.

– Ton père tient le coup ?

– Pas très bien, a-t-elle soupiré. Il m'inquiète beaucoup.

– Il t'aime tendrement, tu sais.

– Oui.

– Moi aussi.

Elle a détourné les yeux. Mes paroles semblaient réveiller ses peurs.

– Tu continueras à venir me voir à la maison ? Même plus tard... ?

– Je serai là aussi longtemps que tu me le permettras, ai-je répondu en lui pressant la main, pas

189

très fort, mais suffisamment pour qu'elle comprenne que je le pensais sincèrement.

— Nous ne sommes pas forcés de continuer à lire la Bible, tu sais.

— Si, je crois qu'il le faut.

— Tu es véritablement un ami, Landon. Je ne sais pas ce que je ferais sans toi.

Elle m'a pressé la main à son tour. Elle m'a paru radieuse.

— Je t'aime, Jamie.

Cette fois, elle n'a pas eu peur. Nos regards se sont croisés, ses yeux se sont mis à briller, puis elle a poussé un soupir en détournant la tête et a passé la main dans ses cheveux. Elle s'est retournée vers moi. J'ai embrassé ses doigts en souriant.

— Je t'aime, moi aussi, a-t-elle chuchoté.

C'étaient les mots que je rêvais d'entendre.

Je ne sais pas si Jamie avait mis son père au courant des sentiments qu'elle éprouvait pour moi mais j'en doute car il ne changea pas d'attitude à mon égard. Dès que j'arrivais, il partait. Je frappais à la porte, je l'entendais annoncer à Jamie qu'il s'en allait et qu'il serait de retour d'ici deux heures. Jamie lui répondait « D'accord, papa », puis il m'ouvrait. J'entrais, il prenait ses affaires dans la penderie sans rien dire, boutonnait son manteau, un vieux pardessus démodé, long et noir jusqu'au menton, et sortait. Il m'adressait rarement la parole, même après avoir appris que nous lisions la Bible ensemble, Jamie et moi.

190

Malgré ses réticences, il avait fini par se résoudre à tolérer ma présence dans sa maison en son absence : il ne voulait surtout pas que Jamie prenne froid sous le porche. Il aurait évidemment pu rester le temps de mes visites, mais je suppose qu'il avait besoin de se retrouver seul, d'où cette indulgence nouvelle. Il ne m'avait pas fait de leçon de morale, son regard avait été suffisamment éloquent la première fois qu'il m'avait autorisé à entrer. J'avais accès au salon, rien de plus.

L'état de Jamie lui permettait de sortir, mais il faisait un temps déplorable. Une vague de froid avait sévi les derniers jours de janvier, suivie par trois jours de déluge. Jamie n'avait aucune envie de se promener par un temps pareil, mais il nous arrivait d'aller quelques minutes sous le porche respirer l'air du large en veillant à ce qu'elle ne prenne pas froid.

Nous recevions beaucoup de visites, au moins trois par jour. Certains apportaient des douceurs, d'autres passaient simplement dire bonjour. Nous avons même eu la surprise de voir débarquer Éric et Margaret. Bravant l'interdiction paternelle, Jamie leur a fait l'honneur du salon.

Aussi mal à l'aise l'un que l'autre, ils restèrent un moment silencieux, évitant de croiser son regard. Il leur a fallu quelques minutes avant d'en venir à la raison de leur visite. Éric voulait s'excuser. Il ne comprenait pas comment une chose pareille pouvait arriver à Jamie. Il lui avait également apporté une enveloppe, qu'il a posée sur la table d'une main tremblante.

– Je n'ai jamais rencontré quelqu'un d'aussi bon que toi, a-t-il déclaré avec une sincérité que je ne lui connaissais pas. Je ne m'en rendais pas compte, et même si je n'ai pas toujours été gentil à ton égard, je voulais que tu le saches. Tu ne peux pas savoir comme je m'en veux. Tu es sans doute la meilleure personne que j'aie rencontrée.

Alors qu'il reniflait en refoulant ses larmes, Margaret a éclaté en sanglots. Jamie s'est levée lentement en s'essuyant les joues. Souriante, elle a tendu les bras à Éric en un signe évident de pardon. Il s'est précipité vers elle et a fondu en larmes à son tour. Jamie l'a réconforté à voix basse en lui caressant les cheveux. Ils se sont étreints un long moment. La même scène s'est ensuite répétée avec Margaret.

En remettant leurs manteaux, ils regardaient Jamie comme s'ils avaient voulu se souvenir d'elle à jamais. Je suis sûr qu'ils désiraient la fixer dans leur mémoire telle qu'ils la voyaient à ce moment-là. Moi, je la trouvais magnifique, et je sais qu'ils pensaient la même chose.

– Accroche-toi, a dit Éric en se dirigeant vers la porte. Je prierai pour toi, avec tous les autres. – Puis il m'a regardé, et m'a tapoté l'épaule. – Courage, toi aussi.

En les regardant partir, je me suis senti très fier d'eux. L'enveloppe contenait quatre cents dollars, collectés pour l'orphelinat.

J'attendais un miracle. Il n'est pas venu. Début février, la souffrance de Jamie empira, et son traitement s'intensifia. Vinrent alors les vertiges. Après avoir eu deux malaises dans sa salle de bains et s'être même assommée contre le lavabo, Jamie a obtenu que les médecins, malgré leurs réticences, réduisent à nouveau les doses. Elle marchait normalement, mais sa souffrance était telle que le simple fait de lever un bras lui arrachait une grimace. La leucémie s'attaque au sang, touchant ainsi l'organisme tout entier. Elle continuerait à faire ses ravages tant que le cœur battrait.

Peu à peu elle affaiblissait Jamie, rongeant ses muscles, rendant impossibles les gestes les plus simples. La première semaine de février, elle perdit trois kilos. Bientôt, marcher lui devint difficile. Elle dut se limiter à de courtes distances, et même alors, elle ne supportait pas toujours la douleur. Finalement, préférant les vertiges à la souffrance, elle revint à une dose supérieure de médicaments.

Nous poursuivions la lecture de la Bible. À chacune de mes visites, je la trouvais sur le canapé, le livre déjà ouvert. Son père devrait bientôt la porter jusqu'au salon si nous voulions continuer. Elle ne m'en parlait jamais, mais nous savions tous les deux ce que cela signifiait. Le temps m'était compté et mon cœur me disait toujours que je pouvais trouver mieux à faire.

Le 14 février, jour de la Saint-Valentin, Jamie a choisi un passage des Corinthiens auquel elle attachait une signification particulière. Elle aurait voulu qu'on le lise à son mariage, m'a-t-elle confié.

L'amour est longanime et serviable. Il n'est pas envieux. L'amour ne fanfaronne pas, ne se rengorge pas, il ne fait rien d'inconvenant, ne cherche pas son intérêt, ne s'irrite pas, ne tient pas compte du mal, il ne se réjouit pas de l'injustice mais il met sa joie dans la vérité. Il excuse tout, croit tout, espère tout, supporte tout.

Jamie incarnait la quintessence de cette description.

Trois jours plus tard, profitant de ce que le temps se radoucissait, je l'ai emmenée voir un spectacle qui, j'en étais sûr, la ravirait.

L'est de la Caroline du Nord est une région particulièrement belle, qui bénéficie d'un temps clément et de sites magnifiques. Bogue Banks, une petite île proche de notre côte, en est un splendide exemple. Chaque soir, elle offre à ses habitants de spectaculaires couchers de soleil au-dessus de l'océan Atlantique.

C'était une de ces magnifiques soirées, comme nous en connaissons tant dans le Sud. Jamie, bien emmitouflée, se tenait près de moi sur la jetée de l'Iron Steamer. Nous avions les yeux rivés sur l'horizon. Je voyais la buée sortir de sa bouche, elle respirait deux fois plus vite que moi. Je la soutenais, plus légère que les feuilles mortes à l'automne. Mais le spectacle valait la peine.

Soudain, la lune brillante constellée de cratères a émergé des flots, en déployant sur les eaux déjà plongées dans la pénombre un prisme de lumière qui a explosé en milliers d'éclats, tous plus beaux les uns que les autres. Simultanément, le soleil qui descendait sur l'horizon a fait virer le ciel du rouge à l'orange, puis au jaune, comme si les cieux s'ouvraient en libérant la beauté qu'ils retenaient prisonnière dans leur écrin sacré. Enfin, l'océan s'est nimbé d'argent et de reflets d'or. Sous cette lumière mouvante, le spectacle grandiose des eaux scintillantes évoquait le commencement du monde. Puis le soleil a poursuivi sa descente en projetant son rougeoiement à perte de vue, et il a disparu lentement dans les vagues. La lune, elle, continuait sa course ascendante, frémissante de mille tons de jaune, tous plus subtils les uns que les autres, avant de s'harmoniser aux teintes des étoiles.

Jamie a contemplé ce spectacle en silence, la respiration faible et courte, mon bras serré autour de sa taille. Quand les ténèbres ont gagné le ciel et que les premiers scintillements sont apparus au firmament, je l'ai prise dans mes bras pour l'embrasser tendrement sur les joues, puis sur les lèvres.

— Voilà exactement ce que je ressens pour toi.

Une semaine plus tard, les visites de Jamie à l'hôpital se sont faites plus fréquentes, mais elle insistait pour ne jamais y passer la nuit.

— Je veux mourir chez moi, répétait-elle simplement.

Ne pouvant plus rien faire pour elle, les médecins se soumirent à ses exigences, au début au moins.

Assis dans le salon comme à notre habitude, nous lisions la Bible, main dans la main. Son visage s'était encore aminci, ses cheveux avaient perdu de leur éclat. Pourtant ses yeux au doux regard de porcelaine étaient plus lumineux que jamais. Verrai-je jamais un être aussi beau ?

— Je pensais à ces derniers mois.

— Moi aussi.

— Dès le premier cours de Mlle Garber, tu savais que je jouerais dans la pièce, n'est-ce pas, quand tu m'as regardé en souriant ?

— Oui.

— Et quand je t'ai invitée au bal du lycée et que tu m'as fait promettre de ne pas tomber amoureux de toi, tu savais que ça arriverait ?

Elle m'a lancé un regard espiègle.

— Oui.

— Comment ?

Elle a haussé les épaules sans répondre, et nous sommes restés à regarder la pluie ruisseler sur les carreaux.

— Quand je t'ai dit que je priais pour toi, qu'est-ce

que ça signifiait à ton avis ? m'a-t-elle finalement demandé.

La maladie progressait toujours. À l'approche du mois de mars, elle s'aggrava nettement. Jamie prenait de plus en plus de médicaments contre la douleur et elle avait si mal à l'estomac qu'il lui devenait difficile de s'alimenter. Elle s'affaiblissait et son hospitalisation semblait inéluctable. C'est là que mes parents sont intervenus.

Mon père était rentré précipitamment en voiture de Washington, abandonnant le Congrès en pleine session. Ma mère avait dû lui assurer que s'il ne revenait pas immédiatement à la maison, il pourrait rester définitivement là-bas. Une fois mis au courant de la situation, il a rétorqué que jamais Hegbert n'accepterait son aide, que leurs rancœurs étaient trop profondes, qu'il était trop tard pour faire quoi que ce soit. Ma mère a rejeté ses objections en bloc.

— Il ne s'agit pas de ta famille, ni même du révérend Sullivan ou du passé, mais de ton fils qui aime une jeune fille qui a besoin de notre aide. Et nous comptons sur toi pour résoudre ce problème.

J'ignore ce que mon père a dit à Hegbert, quelles promesses il lui a faites, et ce que cela lui a coûté. Je sais seulement que Jamie s'est bientôt retrouvée entourée d'un matériel coûteux et de tous les soins dont elle avait besoin, surveillée par deux infirmières à temps plein et un médecin qui passait la voir plusieurs fois par jour. Elle pouvait rester chez elle.

Ce soir-là, j'ai pleuré sur l'épaule de mon père pour la première fois de ma vie.

— As-tu des regrets ? ai-je demandé un jour à Jamie.

Elle était dans son lit sous les couvertures, maintenue en vie par une perfusion. Son visage était pâle, son corps léger comme une plume. Elle ne pouvait plus marcher seule.

— Nous en avons tous, Landon, mais j'ai eu une vie merveilleuse.

— Comment peux-tu dire une chose pareille ?

Mon amertume m'étouffait. Elle m'a pressé faiblement la main en me souriant tendrement.

— Ça pourrait aller mieux, a-t-elle admis en regardant la pièce autour d'elle.

J'ai ri à travers mes larmes, et je m'en suis voulu aussitôt. C'était à moi de lui soutenir le moral, non l'inverse.

— Mais en dehors de ça, j'ai été heureuse, Landon. Vraiment. J'ai un père merveilleux qui m'a fait connaître Dieu. Et rétrospectivement, je n'aurais pas pu aider les gens plus que je ne l'ai fait. — Elle s'est interrompue et a croisé mon regard. — Ensuite je suis tombée amoureuse, et j'ai été aimée en retour.

J'ai embrassé sa main, et je l'ai gardée contre ma joue.

— C'est injuste.

Elle n'a rien répondu.

198

– Tu as toujours peur ?

– Oui.

– Moi aussi.

– Je sais. Je suis désolée.

– J'aimerais tant t'aider ! Je suis perdu.

– Tu veux bien lire un peu ?

J'ai accepté, mais je craignais de ne pouvoir arriver au bout de la première page sans m'effondrer. *Je vous en prie, Seigneur, dites-moi ce que je dois faire !*

– Maman !

– Oui.

Nous étions assis sur le canapé devant la cheminée. Jamie s'était endormie pendant que je lui faisais la lecture et, sachant qu'elle avait besoin de se reposer, je m'étais éclipsé discrètement de sa chambre, non sans l'avoir tendrement embrassée sur la joue. Un geste innocent, mais Hegbert était entré à ce moment-là. Il savait que j'aimais sa fille, pourtant, à son regard, j'ai compris que je venais de briser une des règles tacites de la maison. Si Jamie avait été en bonne santé, jamais il ne m'aurait laissé remettre les pieds chez lui. Je me suis mis tout seul à la porte.

Je ne pouvais pas lui en vouloir. Et à force d'assister impuissant aux souffrances de Jamie, je n'avais plus l'énergie de me sentir blessé par sa réaction. Jamie m'avait appris ces derniers mois à juger les gens non d'après leurs pensées ou leurs intentions, mais d'après leurs actions, et je savais que le lendemain Hegbert me laisserait entrer. Assis près de ma mère, je méditais tout cela.

– Crois-tu que nous ayons un rôle à jouer dans notre existence ?

C'était la première fois que j'abordais un tel sujet.

– Je ne suis pas sûre de bien comprendre ta question.

– Eh bien, comment savoir ce que je dois faire ?

– En ce qui concerne Jamie, tu veux dire ?

J'ai acquiescé, perplexe.

– Je crois que je lui fais du bien, mais...

Je me suis tu, ma mère a achevé ma phrase.

– Tu penses que tu pourrais faire mieux ?

J'ai approuvé d'un mouvement de tête.

– Je ne vois pas ce que tu pourrais faire de plus, mon chéri, a-t-elle protesté doucement.

– Alors d'où me vient ce sentiment ?

Elle s'est rapprochée de moi et nous nous sommes perdus tous les deux dans la contemplation du feu.

– C'est parce que tu as peur, je pense ; tu te sens impuissant et, malgré tous tes efforts, la situation devient de plus en plus difficile pour vous deux. Et plus tu te démènes, plus elle te paraît désespérée.

– Existe-t-il un moyen de lutter contre cette impression ?

– Non. Elle a passé un bras autour de mes épaules en m'attirant contre elle. Je ne crois pas.

Le lendemain, Jamie n'a pu sortir de son lit, trop faible désormais pour poser le pied par terre, même soutenue. Nous avons lu la Bible dans sa chambre.

Elle s'est endormie presque tout de suite.

Une autre semaine a passé et l'état de Jamie a empiré. Clouée au lit, elle paraissait plus petite, presque une fillette.

– Jamie, l'ai-je suppliée. Que puis-je faire pour toi ?

Jamie, ma douce Jamie dormait des heures durant maintenant, même quand je lui parlais. Elle ne réagissait plus au son de ma voix ; son souffle était de plus en plus rapide et faible.

Je restais assis à son chevet à la contempler, empli de tout l'amour que j'avais pour elle. En pressant sa main contre mon cœur, j'ai senti ses doigts amaigris. Résistant à mon envie de pleurer, j'ai reposé son bras sur les draps et je me suis tourné vers la fenêtre.

Pourquoi mon existence avait-elle ainsi basculé ? Pourquoi une telle épreuve s'imposait-elle à quelqu'un comme elle ? Une grande leçon se cachait-elle derrière tout cela ? Ou s'agissait-il simplement du destin que Dieu assignait à chacun, comme le prétendait Jamie ? Dieu avait-Il voulu que je tombe amoureux d'elle ? Ou avais-je obéi à ma propre volonté ? Plus Jamie dormait et plus je la sentais présente à mes côtés. Pourtant mes questions demeuraient sans réponse.

Après le crachin matinal, la journée est restée maussade et maintenant, en fin d'après-midi, le soleil perçait les nuages. Je voyais les premiers signes du renouveau printanier traverser l'air frais. Les arbres bourgeonnaient, les feuilles n'attendaient plus que le moment propice de se dérouler et de s'ouvrir à un nouvel été.

Sur la table de chevet, mon regard s'est posé sur les quelques objets auxquels Jamie tenait particulièrement. Des photos de son père la tenant toute petite dans ses bras, dont une prise le jour de sa rentrée à l'école maternelle, et toute une série de cartes postales envoyées par les enfants de l'orphelinat. En soupirant, je les ai prises et j'ai lu la première. Écrite au crayon, elle disait simplement : *Guéris vite, je t'en prie. Tu me manques.*

Elle était signée par Lydia, la petite fille qui dormait sur les genoux de Jamie le soir de Noël. Celle de Roger était du même style, mais le dessin qui l'accompagnait m'a touché davantage encore : un oiseau volait au-dessus d'un arc-en-ciel.

La gorge nouée d'émotion, j'ai reposé les cartes ; je n'avais pas le courage de continuer ma lecture. Une coupure de journal était dépliée près du verre d'eau, un article sur la pièce, paru le dimanche qui avait suivi les représentations. Au-dessus du texte, j'ai découvert la seule photo qui ait été prise de nous deux. Cela me paraissait remonter à une éternité. Je l'ai regardée plus attentivement et je me suis alors souvenu de ce que j'avais éprouvé en voyant Jamie ce soir-là. J'ai scruté son visage, à la recherche d'un signe indiquant qu'elle savait ce qui nous attendait. Mais son expression ne révélait qu'un bonheur radieux. Au bout d'un moment, j'ai reposé la coupure d'un geste las.

La bible était restée ouverte à la page où j'avais

interrompu la lecture et bien que Jamie dorme, j'ai eu envie de poursuivre. Quelques pages plus loin une phrase m'a bouleversé :

Ce n'est pas un ordre que je donne ; je veux simplement, par l'empressement des autres, éprouver la sincérité de votre amour.

J'allais fondre en larmes quand la signification du passage m'est apparue clairement ; Dieu m'avait enfin répondu. Je sus brusquement ce que je devais faire.

Poussé par un élan irrésistible, j'ai couru à toute vitesse jusqu'à l'église, prenant tous les raccourcis possibles, coupant à travers les jardins particuliers, sautant par-dessus les clôtures ; j'ai même traversé un garage. Moi qui n'ai jamais été particulièrement sportif, j'ai dû battre ce jour-là tous les records de vitesse. Je n'aurais pas été plus rapide en voiture.

Sans me soucier d'arriver tout échevelé devant Hegbert, il s'en moquerait lui aussi, je n'ai ralenti ma course qu'en pénétrant dans l'église. Le pasteur a levé la tête en m'entendant arriver à la porte de son bureau. Je savais ce qu'il faisait. Il ne m'a pas invité à entrer, il a simplement détourné les yeux vers la fenêtre. Chez lui, il combattait la maladie de sa fille en maintenant la maison dans une propreté quasi obsessionnelle. Ici, en revanche, son bureau disparaissait sous les papiers et des livres jonchaient la pièce comme si personne n'avait fait le ménage depuis des semaines. C'était là qu'il se laissait aller à penser à Jamie, là qu'il venait se réfugier pour pleurer.

– Révérend ? l'ai-je appelé tout doucement.

Je me suis avancé sans qu'il me réponde.

– J'aimerais qu'on me laisse tranquille ! a-t-il tenté d'une voix rauque.

Les traits tirés, le cheveu de plus en plus rare depuis le mois de décembre, vieilli et abattu, il semblait aussi las que les Israélites des psaumes de David. Il devait faire des efforts encore plus terribles que les miens pour garder bonne figure devant Jamie et cette tension l'épuisait. Je me suis dirigé droit sur son bureau. Il m'a jeté un bref regard et s'est détourné aussitôt.

– Je t'en prie, protesta-t-il d'un air abattu, comme s'il n'avait même plus la force de m'affronter, moi.

– Je voudrais vous parler. C'est très important.

Hegbert a soupiré et je me suis assis sur la même chaise que le jour où je lui avais demandé la permission d'emmener Jamie dîner au restaurant.

Quand j'ai eu terminé il m'a regardé. Je ne sais ce qu'il pensait, mais Dieu merci, il n'a pas dit non. Seuls ses doigts ont bougé, essuyant discrètement ses yeux. Puis il s'est à nouveau détourné, trop ému sans doute pour parler.

Sans ressentir la moindre fatigue j'ai repris ma course, stimulé par mon objectif. Je suis entré en trombe chez Jamie, sans prendre la peine de frapper, et l'infirmière est sortie de sa chambre précipitamment pour voir d'où venait tout ce raffut.

– Elle est réveillée ? ai-je demandé sans lui laisser le temps d'ouvrir la bouche, à la fois euphorique et terrifié.

– Oui, a répondu prudemment l'infirmière. Et elle m'a demandé où vous étiez.

Je me suis excusé de cette irruption et je l'ai priée de nous laisser seuls quelques instants. Jamie était pâle, horriblement pâle, mais son sourire montrait qu'elle luttait encore.

– C'est toi, Landon, merci d'être revenu.

J'ai approché une chaise de son lit, je me suis assis et je lui ai pris la main. La voir allongée ainsi me donnait mal au ventre. J'en aurais pleuré.

– Tu t'étais endormie.

– Je sais... je suis désolée. C'est plus fort que moi.

– Ça ne fait rien, voyons.

Elle a légèrement soulevé sa main que j'ai embrassée, puis je me suis penché et j'ai déposé un baiser sur sa joue.

– Est-ce que tu m'aimes ?

– Oui.

Elle a souri.

– Veux-tu me rendre heureux ?

En lui posant cette question, j'ai senti mon cœur battre la chamade.

– Bien sûr que oui.

– Alors je peux te demander de faire une chose pour moi ?

Elle a détourné les yeux, le visage brusquement empreint de tristesse.

– Je ne sais pas si j'en serai capable.

— Mais si tu peux, tu le feras ?

Je ne peux décrire l'émotion que j'éprouvais. L'amour, la peine, l'espoir et la peur tourbillonnaient en moi, avivés par mon angoisse. Jamie me dévisageait d'un air interrogateur et mon souffle s'est accéléré. Soudain, j'ai été assailli par la conscience de n'avoir jamais ressenti autant d'amour qu'en cet instant. Pour la millième fois j'ai souhaité pouvoir inverser le cours du destin. J'aurais donné ma vie en échange de la sienne. D'un mot, elle a apaisé mon tumulte.

— Oui. Je le ferai.

Retrouvant mes esprits, je l'ai à nouveau embrassée, puis je lui ai doucement caressé la joue, émerveillé par la douceur de sa peau et la tendresse de son regard. Elle restait parfaite.

Ma gorge se serra à nouveau mais je savais enfin ce que je devais faire. Puisqu'il me fallait accepter de ne pas pouvoir la guérir, j'avais décidé de lui offrir ce dont elle avait toujours rêvé. Mon cœur n'avait cessé de me le crier. Jamie pourtant m'avait donné la réponse que je cherchais. Elle me l'avait soufflée, le soir où nous attendions devant le bureau de M. Jenkins.

Je lui ai souri tendrement et elle m'a répondu par une petite pression de la main, comme pour me laisser carte blanche. Encouragé, je me suis penché vers elle, j'ai pris une profonde inspiration et, dans un souffle, je lui ai demandé :

— Veux-tu m'épouser ?

13.

L'année de mes dix-sept ans, ma vie a changé à jamais.

Alors que je parcours les rues de Beaufort quarante ans plus tard, tout me revient dans les moindres détails.

Le « oui » de Jamie et notre émotion, la conversation avec Hegbert, puis avec mes parents quand je les ai mis au courant de mes intentions. Tous trois croyaient que j'agissais ainsi pour Jamie uniquement, et ils ont tenté de me détourner de mon projet. Il a fallu que je leur explique que moi aussi j'avais besoin de ce mariage.

J'aimais Jamie si profondément que peu m'importait qu'elle soit malade. Peu m'importait que nous ayons peu de temps à passer ensemble. Je n'avais qu'une idée, réaliser ce que mon cœur me dictait. C'était la première fois que Dieu s'adressait directement à moi, je ne lui désobéirais pas.

Certains d'entre vous se demanderont sûrement

si mon geste n'a pas plutôt été dicté par la pitié. Les plus cyniques pourraient même penser que je ne m'engageais guère, Jamie disparaîtrait bientôt. Tous se trompent. J'aurais épousé Jamie Sullivan quoi que le futur nous ait réservé. Je l'aurais épousée même si le miracle que j'avais tant espéré s'était produit. Je le savais en lui demandant sa main, et j'en suis convaincu aujourd'hui encore.

Jamie n'était pas seulement la femme que j'aimais. Au cours de cette année passée ensemble, elle m'a aidé à devenir l'homme que je suis. D'une main sûre, elle m'a montré combien il est important d'aider les autres ; sa patience et sa gentillesse m'ont fait comprendre le sens véritable de la vie. Je n'ai jamais rien connu de plus extraordinaire que son entrain et son optimisme, jusque dans sa maladie.

Hegbert nous a mariés à l'église baptiste, avec mon père comme témoin. Jamie avait réussi à panser certaines blessures entre nos deux familles. Mais elle a réalisé un autre exploit. Dans le Sud, il est de tradition d'avoir son père à ses côtés, et si je n'avais pas rencontré Jamie, cela n'aurait pas eu beaucoup de signification pour moi. Elle a réussi à nous réunir, mon père et moi. Après ce qu'il avait fait pour nous, j'ai découvert que finalement je pourrais toujours compter sur lui et, au fil des années, nos liens se sont resserrés.

Jamie m'a aussi appris la valeur du pardon et la force qu'il nous insuffle. Je l'ai découvert lors de la visite d'Éric et de Margaret. Jamie ignorait la rancune. Elle menait sa vie selon les enseignements de la Bible.

Jamie n'était pas seulement l'ange qui avait sauvé Tom Thornton, elle nous avait tous sauvés.

Comme elle l'avait rêvé, l'église était bondée pour notre mariage, le 12 mars 1959. Plus de deux cents personnes assistaient à la messe et autant se pressaient dehors. La cérémonie ayant été décidée précipitamment, nous n'avions pas eu le temps d'organiser quoi que ce soit. Les gens vinrent d'un peu partout nous manifester leur sympathie, tentant de leur mieux de rendre cette journée inoubliable. J'ai revu tous ceux que je connaissais, Mlle Garber, Éric, Margaret, Eddie, Sally, Carey, Angela, et même Lew et sa grand-mère. Tous avaient le regard humide lorsque les premiers accords d'orgue ont retenti. Jamie qui, très affaiblie, n'avait pas quitté son lit depuis quinze jours, a tenu à descendre l'allée au bras de son père.

— C'est vraiment très important pour moi, Landon. Ça fait partie de mon rêve, ne l'oublie pas.

Je restais persuadé que ce serait au-dessus de ses forces, mais j'avais fini par céder. Sa foi m'émerveillait.

Je savais qu'elle avait l'intention de mettre la robe qu'elle portait dans la pièce. C'était la seule robe blanche qu'on ait pu trouver dans un délai aussi bref. Mais elle serait sans doute trop large. Je me demandais comment elle lui irait, lorsque mon père a posé sa main sur mon épaule.

– Je suis fier de toi, mon fils.

– Je suis fier de toi aussi, papa.

C'était la première fois que je lui disais cela.

Ma mère, assise au premier rang, s'est tamponné les yeux avec son mouchoir quand l'orgue a attaqué la *Marche nuptiale*. Les portes se sont ouvertes et j'ai vu Jamie, assise dans son fauteuil roulant, une infirmière auprès d'elle. Rassemblant ses dernières forces, elle s'est péniblement mise debout, soutenue par son père. Puis ils ont descendu lentement l'allée, au milieu d'une assistance muette d'émotion. À mi-chemin, Jamie s'est arrêtée pour reprendre son souffle. Elle a fermé les yeux, et un instant, j'ai cru qu'elle ne pourrait aller plus loin. Dix secondes à peine ont dû s'écouler, qui m'ont semblé une éternité. Enfin, d'un petit hochement de tête, elle a fait signe à son père qu'ils pouvaient repartir et mon cœur s'est gonflé de fierté. Je savais quel effort surhumain lui coûtait chacun de ses pas.

Des soupirs de soulagement ont accueilli l'arrivée de Jamie près de moi, et spontanément, l'assemblée a applaudi. À bout de force, Jamie s'est assise sur le fauteuil que l'infirmière avait poussé jusqu'à l'autel. Avec un grand sourire, je me suis agenouillé pour être à la même hauteur qu'elle. Mon père a fait de même.

Après avoir embrassé sa fille sur la joue, Hegbert a pris sa bible pour commencer la cérémonie. Tout à son office, il semblait avoir abandonné son personnage de père pour un rôle plus distant, dans lequel ses émotions le laissaient davantage maître de lui. Son trouble pourtant restait visible. Il a chaussé ses lunettes, ouvert sa bible, puis nous a regardés, Jamie et moi. Il nous dominait nettement et a paru surpris de nous voir si bas. Presque désorienté, il est resté un moment debout devant nous, et, à ma grande surprise, il s'est agenouillé à son tour. Jamie a souri puis elle a saisi la main libre de son père, la mienne, et nous a réunis.

La cérémonie a débuté de façon tout à fait traditionnelle, se poursuivant par la lecture du passage de la Bible que Jamie m'avait montré. Sachant combien elle était faible, j'espérais qu'Hegbert nous ferait prononcer nos vœux de mariage tout de suite, mais là encore, il m'a déconcerté. Ses yeux sont allés plusieurs fois de Jamie et moi à l'assistance comme s'il cherchait ses mots. Il s'est raclé la gorge et s'est mis à parler d'une voix forte afin que tout le monde l'entende.

— En tant que père, je suis censé donner ma fille. Pourtant je ne suis pas sûr de pouvoir le faire.

Un grand silence a accueilli ses propos. Hegbert m'a fait signe de ne pas m'inquiéter et Jamie m'a pressé la main pour me rassurer.

— Je ne peux pas plus donner ma fille que je ne peux donner mon cœur. En revanche, je peux laisser un autre partager le bonheur dont elle m'a toujours comblé. Que Dieu vous bénisse tous les deux.

Il a reposé la bible et m'a tendu sa main. Je l'ai

prise, fermant ainsi le cercle qui nous unissait. Il nous a alors fait prononcer nos vœux. Mon père m'a tendu l'anneau que ma mère m'avait aidé à choisir et Jamie m'en a offert un, elle aussi. Nous nous les sommes passés aux doigts. Hegbert nous a contemplés puis nous a déclarés mari et femme. J'ai tendrement embrassé Jamie tandis que ma mère fondait en larmes et, sa main serrée dans la mienne, prenant Dieu et le reste de l'univers à témoin, je lui ai promis amour et dévotion, pour le meilleur et pour le pire. Jamais je ne me suis senti aussi fier de moi.

Ce fut le plus beau moment de ma vie.

Quarante ans plus tard, je suis peut-être plus mûr et plus sage. J'ai vécu une autre vie. Pourtant, lorsque mon heure viendra, les images de cette journée seront les dernières à me traverser l'esprit. Je l'aime toujours, vous savez, et je n'ai jamais retiré mon alliance. Depuis tout ce temps, pas une fois je n'en ai éprouvé le désir.

J'aspire profondément l'air frais du printemps. Bien que Beaufort ait autant changé que moi, l'air y est resté le même, celui de mon enfance, celui de mes dix-sept ans. Quand je le laisse s'échapper de mes poumons, je retrouve mes cinquante-sept ans, mais ce n'est pas grave. Je souris légèrement, songeur, le regard tourné vers le ciel ; il y a encore une chose que je ne vous ai pas dite : maintenant, je crois aux miracles.

Remerciements

Comme toujours, je tiens à remercier ma femme Cathy. Elle a fait mon bonheur le jour où elle a accepté de m'épouser, et je suis encore plus heureux, dix ans plus tard, d'éprouver toujours le même amour pour elle. Merci pour ces années, les meilleures de ma vie.

Merci à Miles et Ryan, mes fils, qui tiennent une place unique dans mon cœur. Je vous aime tous les deux. Pour eux je suis tout simplement « papa ».

Merci aussi à Theresa Park, mon agent chez Sanford Greenburger Associates, également mon amie et ma confidente. Les mots ne suffiront jamais à exprimer tout ce que tu as fait pour moi.

Jamie Raab, mon éditrice à Warner Books, mérite elle aussi ma reconnaissance sincère pour ces quatre dernières années. Tu es la meilleure.

Viennent ensuite tous ceux qui m'ont soutenu à chaque étape du chemin : Larry Kirshbaum, Maureen Egen, John Aherne, Dan Mandel, Howie Sanders, Richard Green, Scott Schwimer, Lynn Harris, Mark Johnson et Denise Di Novi. Quel bonheur d'avoir pu travailler avec vous tous !

Si l'amour m'était conté

Les pages de notre amour
Nicholas Sparks

Unis depuis cinquante ans, amoureux comme au premier jour, Noah veille aujourd'hui sur Allie, atteinte de la maladie d'Alzheimer. Dès les premiers symptômes, elle lui a demandé de lui faire la lecture de leur propre histoire. Alors, pendant des heures, il reste auprès d'elle et lui raconte inlassablement leur bonheur. L'évocation au jour le jour de leur amour parviendra-t-elle à freiner l'inexorable progression du mal qui ronge Allie ?

(Pocket n° 10454)

Il y a toujours un Pocket à découvrir

Au gré des flots

Une bouteille à la mer
Nicholas Sparks

Le jour où elle découvre, sur une plage de Cape Cod, une bouteille échouée contenant la lettre d'un homme à la femme de sa vie, qui vient de mourir, Theresa est bouleversée. Elle décide de retrouver l'auteur, résolue à savoir quel homme se cache derrière des mots qui ont éveillé au plus profond d'elle-même un sentiment qu'elle n'ose pas encore nommer... Mais lui, saura-t-il de nouveau aimer et être aimé ?

(Pocket n° 10797)

Il y a toujours un Pocket à découvrir

Le prix
d'une nouvelle vie

Le lac aux sortilèges
Maeve Binchy

Malgré l'amour de son mari et de sa fille, Helen
s'ennuie à mourir. Le jour où elle décide de fuir
avec celui qu'elle aime depuis toujours, elle laisse
derrière elle une lettre expliquant les raisons de son
départ. Elle ignore que jamais personne ne la lira et
qu'un mois seulement après sa "disparition" le
corps d'une femme sera retrouvé dans un lac des
environs : elle n'aura plus d'identité...

(Pocket n° 10530)

Il y a toujours un Pocket à découvrir

Achevé d'imprimer sur les presses de

BUSSIÈRE

GROUPE CPI

à Saint-Amand-Montrond (Cher)
en octobre 2002

POCKET - 12, avenue d'Italie - 75627 Paris Cedex 13
Tél. : 01-44-16-05-00

— N° d'imp. : 25637. —
Dépôt légal : décembre 2002.

Imprimé en France